GOBOOKS & SITAK GROUP©

GOBOOKS
& SITAK
GROUP©

三日月書版

三日月書版

輕世代
FW294
三日月書版
繪／セカイメグル
招搖
卷四
ZHAO YAO

目錄

路招搖

生前爲魔界萬戮門的門主，立志成爲令人聞風喪膽的女魔頭。
救了魔王之子的墨青，並將他帶到門下照顧，
沒想到不小心被他害死了，化爲一縷魂魄後，千方百計想復活報仇。

「我是天上天下威武無敵
至上至尊魔王路招搖！」

墨青

魔王之子，外表清冷，寡淡無欲，
但舉手投足有種不著痕跡的溫柔。
在路招搖死去後，接手了萬戮門，並將其完善治理。

「我可以為妳放下一切，只要妳安好。」

第一章　熟人

一吻罷了，我捧著墨青的臉頰，他將我的腰箍得死緊，本是該進行下一步的時候了……我眼眸一垂，見躺在地上、面色死白的活死人洛明軒，又掃了一眼在四周慢慢爬起來的敵人，咬了牙，忍住心頭衝動。

不行，這些礙事的傢伙還沒打發完，無惡殿也塌了，沒地方辦正事。

我費盡千辛萬苦，好不容易才找回自己的身體，這些混帳東西，居然在現在來礙我的事，我心頭一陣氣惱。

墨青是通曉我的心意的，他手臂稍稍一鬆，放開了我，我抬眼望他，見他也眸色冰冷地瞅著這群傢伙，我懂他，他和我一樣，都覺得他們礙事。

我從墨青懷裡站了出去。

他們方才打得激烈，現下四周一個小嘍囉都沒有，正好，我喜歡這樣，省得下面人嘰嘰喳喳地討論，顯得嘈雜。

我的目光在他們面上掃了一圈，袁桀那雙蒼老的眼盯著我，徹底傻了，他旁邊的暗羅衛長也一樣，直勾勾地盯著我。

這暗羅衛長的樣貌，越看越讓我覺得他有些熟悉……可一時想不起他是誰，我便又瞅了四大仙門的接掌人一眼，他們一如先前千塵閣的門徒一樣，都似見了鬼一樣瞪著我，面面相覷，一言不發，好似誰先說話，誰就會被我先一步帶走。

沒想到最後，在他們這麼多認識我的人當中，我本以為最不會開口的人，卻第一個開口喚了我的名字。

「路招搖……」

我轉頭看姜武。

小短毛被墨青那一擊傷得不清，他捂著胸口，滿嘴是血，張揚的五官表情極其複雜，眸中是怔愣與迷茫，嘴裡不停地念叨著：「路招搖……路招搖……我記起來了！原來如此……」

記起什麼？又什麼原來如此？

我相當不解，我的真身與姜武應該沒有過什麼交集吧？他也是我死後才在江湖上成名的。再則，以前我還在芷嫣身體裡時，去江城燒紙，他聽罷我的名字，也只落了一句話——

「聽說很漂亮，而且難以馴服。」

這句不要命的話因著我聽得稀奇，才一直記到現在。從他當時的表現來看，他應當也對我不熟悉才是。

為何一見我的真身，就原來如此原來如此地念叨個不停？

其他人都沒說話，只有他一個人瘋魔似地細聲念著，於是隔了一會兒，不只是我，墨青、北山主包括那些仙門中人也都望向了他。

他卻毫不在乎周圍的人，仍是直盯著我，那雙眼裡的迷茫與怔愣漸漸退去，逐漸露出幾分殺氣與勢在必得的……占有欲？

「路招搖。」他吐出我的名字，捂著胸口站了起來，歪著嘴角，咧唇一笑，還是那麼的猖狂放肆，可在那笑容當中我卻隱約察覺了幾分與以前不同的危險氣息，「妳會是我的囊中之物。」

囊中之物？

這四個字讓我極度不悅。

在我表達我的不悅之前，墨青的萬鈞劍已經卷出了一股怒浪，狠狠地將剛剛站起來的姜武拍得膝蓋一屈，在我面前單膝跪下。

姜武一手撐在尚未跪地的腿上，整個人被墨青巨大的力量箝制，一如上次他欲帶上了芷嫣身體的我離開，被墨青趕來攔住了一樣。

墨青並不殺他，而是讓他跪下，先打折他七分驕傲，削了他五分輕狂，讓他帶著三分卑微說話。

可姜武不肯卑微，萬鈞劍帶來的巨大壓力下，連他腳下的磚石都在一寸一寸地被壓得下陷，石塊龜裂，而他嘴角卻還帶著笑。

我瞇起了眼，盯著他，「囊中物？還沒人敢與我說過這樣的話。」

他還是在笑，「我就愛做第一個。」

「也會是最後一個。」墨青聲色冰冷，沉沉落下，伴隨著萬鈞劍的劍氣，空氣中的壓力化為萬千刀刃，徑直將姜武剁成碎泥。

仙家的人見不得如此狠辣的手段，一轉頭，哇一聲吐了出來。

我卻靜靜地看著那些血肉化為飛灰，隨風而散，姜武的聲音還在空中迴盪：

「路招搖，等我來找妳。」

嘖，又是傀儡，這小王八蛋的真身到底藏在什麼地方！

我一回頭，見墨青望著那飛灰散去的遠方，那一身凜冽之氣，將我也看得有些愣神。回過神，才發現墨青與我四目相接。

他收斂了些許殺氣，轉過了頭去，與那四大仙門的接掌人道：「要想全身而退，令你們門徒，盡數繳上一身法寶，否則別想走出萬戮門。」

繳法寶……

嗯，看似不傷人性命，實則極其陰險啊。

四大仙門來的人不少，必定帶的都是門派菁英，而門派菁英身上帶的自然也是上等武器與法寶。

讓他們交出法寶，一是保證了他們撤出之時，萬戮門人的安全。二是我萬戮門擊退敵人的一個象徵。三是仙門法寶，一件精品或許要煉器師煉上十年數十年，方才可出成效。收了他們的武器，無異於短時間內削弱了仙門的實力，至少未來幾年，是再翻不出什麼浪花了。

此外……

萬戮門收了武器，還能拿出去賣，他們想把法寶買回去也可以，咱們開高價，也是好一筆營收不是？

這些仙門要運轉，也是少不了要掏銀子的，傷了他們的銀子，和損他們實力，也是一個道理。總之，就是不讓他們好過。

這法子雖然比我以前的「關門剿殺」來得委婉溫和些，卻要陰損許多。

我也算是死過一趟的人了，知道那鬼市的……規矩，還是不希望墨青背上那些命債的，繳法寶便繳法寶，讓這些仙門的人灰溜溜地回去，以後再不敢輕易招惹萬戮門，效果是一樣的。

四個仙門的接掌人聽罷墨青的話，咬牙切齒，眸帶暗恨。

哎呀，看這樣子，是連交法寶也不肯呢。現在的年輕人，真是比當年還不懂事。

我走到墨青身側，倚在他懷裡，懶懶站著，盯著他們一聲冷笑，「厲塵瀾的法子你們覺得不妥，就按我以前的規矩辦吧，直接殺了搶了就是，反正結果是一樣的。」我拍了拍墨青的胸膛，「你覺得怎麼樣？」

墨青非常配合地回了我一個字：「妥。」

我歪著嘴角一笑，極是開心。

那幾名接掌人卻很是不滿，「路招搖妳——」

「我怎麼？」我抱著手，「你們送上門來，就要做好被人欺負的準備。棄劍，或者死，選一個吧。」

倒終有一個怕死的，站起身來，拍拍衣襬，將手中劍丟在地上，轉身下山。

另外幾人見狀，面面相覷，終是接二連三地站起，心有不甘，卻又無可奈何地丟劍離去。

我轉頭看了袁桀一眼，「去，戴罪立功，給我押著他們下山，將山下那些仙門弟子的刀劍法寶通通收了。」

「不可能……」袁桀似尚未從震驚當中走出來，他驚愕地瞪著我，「不可能，不可能，門主若在世，不可能五年未見蹤影……」

「我確實是死過。」我答了一句，「袁桀，當年你被仇家所害，家破人亡，我收你入萬戮門時，可是讓你發過誓的，絕對忠誠，永不背叛。」我瞇著眼睛盯著他，「若有哪一天我身死，再無法回來，你便要這般對待萬戮門？令它一分為二，結合外敵，欺辱門人，還要復活我的仇人？」

我隨意踢了地上一直昏睡的洛明軒一腳，「你可知我花了多大的功夫，才讓他變成這樣？你又可知我現在忍了多大的火氣，才克制住自己不殺你？」

袁桀匍匐在地，一張老臉，滿目熱淚，「門主……屬……屬下以為……」

「我知道你怎麼想的，但誰也不能打著任何人的名號，傷害萬戮門。」我道，「了結此間事宜，你便自去地牢思過十年吧！」

袁桀聽完，沉沉地在地上磕了三個頭，「屬下，領命……」

袁桀受命，帶著傷，轉身離去，我目光落在了最後的暗羅衛長身上。

他是墨青招來的人，這事該墨青處理，我瞥了他一眼，沒有開口，他卻跪在地上，朝我深深地磕了個頭，「門主，暗羅衛林子豫，叩見門主。」

咦……

林子豫。

這名字好生熟悉。

林子豫……林子遊……

「啊。」我恍然明白，「你是子游的哥哥！」

他詫然抬頭，「門主……知道子遊？」

搞半天，原來大家都是熟人嘛！

第二章 不穩

他是子游的哥哥，這倒有些不好處置了。

若是我不識得子遊，不知道他們兄弟間與我的因果關係，今日由著墨青將他處置也就罷了。

但我知道了這此間的事，林子豫如今混到了暗羅衛長這個身分，見了我之後卻還稱我為門主，對我這般恭敬，他造反於墨青，其中恐怕也有三分心思是要為我報仇吧。

再說，我在鬼市，子遊幫我良多……

我轉頭，將難題丟給了墨青，「他是你提拔上來的，最對不起的人是你，你看著處置吧。」言罷，我站開一步，本是打算去看看後面的無惡殿，若我能用法力修修，便直接修好了，待墨青處理了林子豫，我就可以拽了墨青的小手直接推門進房了……

可我沒想到，就在我站開這一步時，腳下一軟，那在先前素山陣法裡的無力感又湧了上來，身體不受控制地往後一倒。

墨青怔然的神色一閃而過，他手臂一攬，將我抱進懷裡。

啊，這個胸膛真的好溫暖啊……

我抬手摸了上去，可到嘴的燙豆腐都還沒來得及吹上一口，伴隨著墨青緊繃的一聲：「怎麼了？」

唰一聲，我又離了魂。

這又是怎麼了？為何還會離魂？我不是已經將身體融合好了嗎，還能使用法術，還喝過琴千弦的血……等等，難道是喝了琴千弦的血，所以我才能在我的身體裡待到現在，也才能使用法術嗎？

因為喝了他的血的時間過得有點久了，所以他的血液帶來的力量，也就就此消失了？

這樣搞，豈不是以後我每隔一兩個時辰，就得將他們琴家的人抓來放一次血？

我還未琢磨出結果，便覺朝陽的薄光落在身上，一股刺骨的灼燒疼痛在我魂體裡蔓延開來。

我根本來不及看墨青的神色，壓住疼痛，連忙往旁邊一飄，躲進了坍塌的無惡殿的陰影中。

「招搖？」墨青習慣性地壓抑情緒，從聲音上是聽不出來的。可呼吸間的緊繃，還是透露了些許。

「門主？」林子豫微微起了身，想去看墨青懷中的我，卻被墨青喚住，「琴芷嫣……去千塵閣將琴芷嫣接回來。」他對林子豫下令，果斷決絕，「立刻！」

林子豫渾身一凜，倒是如以前那樣，聽了墨青的命令，一闔首，瞬行消失。

墨青則將我的身體打橫抱起，隨手在洛明軒身上扔了個結界，轉身抱著我向無惡殿走。

直到與我一樣，站在了陰影當中，他褪下身上的黑袍，小心地蓋著我的身體，並用手護著我的臉，不讓陽光照到我。

其實……我那身體被陽光曬一曬是沒關係的，可墨青不知道吧，他以為我是鬼，所以連身體也不能曬到太陽……

他怕自己一個疏忽大意，哪裡不留心注意，便傷害了我。他怕我消失。因為，我在他面前消失太多次了。

對墨青來說，路招搖肯定是個讓他非常沒有安全感的人。

所以他將我保護得那麼無微不至，觸碰我也碰觸得那麼小心翼翼。

他在害怕啊。

現在的墨青，已經是多少人眼裡的煞神了，一身殺氣，令人望而生畏，說一句話，動一個指頭，便能使天下皆顫。便是這樣的墨青，我卻知道他過去所有的軟弱，與現在全部的溫柔。

我從陰影裡，飄到他身後，輕輕抱住了他的腰。

這樣的墨青……

讓我心愛，也令我心疼。

陽光之中，林子豫身形閃了回來，在他手上提了兩個人，一個是十七，一個是芷嫣。

剛一落地，十七轉頭就給了他一拳，林子豫往後一退，堪堪躲過。

十七將手指一折，劈啪作響，「剛才我揍翻的那些暗羅衛都叫你老大，你跟他們是一夥的吧？門主叫我揍他們，你也得挨揍！不要以為把我拉到另一個地方來，我就不揍了！」

十七這孩子，還是這麼執著。

不過，這林子豫倒還有點本事，能躲過十七的拳，還能將十七拖著用瞬行術帶來。

想來，上次我用芷嫣的身體在這無惡殿上空的一戰，他還是沒有使出全力，不然我怕是沒那麼容易全身而退。

十七哪兒也都沒看，踏不上前再是揮拳直向林子豫，林子豫不還手，只是讓著她，一直往後退。

墨青也不管，只喚了一聲：「琴芷嫣。」

芷嫣正在那方看著觀戰，聽了墨青一聲喚，登時渾身一抖，轉頭應道：「在……」

「路招搖在哪裡？」

芷嫣一眼就望見了正在背後抱著墨青腰的我，「啊……有點嚇人……正從背後抱著你呢……」

這丫頭，我這麼溫柔繾綣地抱著墨青，怎麼從她嘴裡說出來就變成嚇人的事了？真不懂浪漫。

她答完了，似才反應過來，「咦……她的身體怎麼……之前不是回去了嗎？」

「不知道怎麼就出來了。」我放開墨青，撇了撇嘴，「這身體興許是放太久了，還有點問題，等會兒我再試試。」

「大魔王說……她身體可能還有點問題，待會兒再試。」芷嫣向墨青傳達了我的話，那邊正在打架的十七聽到了，動作陡然一頓。

「門主怎麼了？」她一扭頭，也不揍林子豫了，幾步欲衝到我身體旁。

墨青周身光華一動，彈出一道力道，將十七一推，讓用力過猛的她在三步遠的地方停下了腳步。

「別碰。」墨青冷聲告誡。

之前聽他說十七要殺他這件事，他都說得輕描淡寫，還帶著些許打趣，現在卻是十分嚴肅地告誡。

十七被他一身的殺氣唬得退了一步。她也清楚自己是不懂得拿捏輕重的人，老實地在三步遠的地方站定，倒是和墨青一樣，真怕靠近了，傷了我。

她有些委屈，也很著急：「那到底是怎麼了？先前門主走的時候都還活蹦亂跳的，可新鮮了！」

活蹦亂跳和新鮮是個什麼形容詞？

我是從山溝裡抓來的魚嗎？

「現在怎麼這樣了？」她重新找回了氣勢，瞪著墨青，「小醜八怪！你說！是不是你趁我不在欺負我家門主了！」

墨青沒搭理她。

我在旁邊揉了揉眉心，與芷嫣道：「趕緊讓人把無惡殿修修，我曬不得太陽，將我身體放在陰涼處，我歇歇才好重新上身。」

芷嫣傳達了我的意思，十七一聽，也不鬧了，轉身就要去扛磚。

墨青卻操縱了萬鈞劍，只見萬鈞劍一起，四周破碎的磚石瓦塊也隨之飄上了空中，在萬鈞劍力量的拉扯之下，各自重新組合，巨石堆積，梁柱重起，坍塌的所有磚石，片刻後都回到了原有的位置上。

萬鈞劍有萬鈞之力，可毀萬物，也可造萬物，片刻之後，當十七扛回來了一堆磚石，無惡殿連牌坊都修好了。

十七望著巍峨的無惡殿，磚石落在地上，眼巴巴地看著墨青將我抱進了大殿之中，模樣有點落寞。

入了殿內，墨青將我放在他的床榻之上。

我在旁邊摩拳擦掌了一會兒，沉住氣，再次躺進自己的身體裡。與上次一樣，有重新聯通經脈的疼痛感，不一會兒，我睜開雙眼。

順利地回了魂。

墨青站在我身旁，關注著我，我摸了摸他的手背，「別怕，我只是暫時出了點問題，之後一定會好的。」我雙腳落地，站起身來，墨青要扶我，我推開了他，可走了兩步，我還是伸手扶住了墨青。

房間裡靜默了一瞬，我喊了聲道：「芷嫣，妳進來。」

芷嫣本來還不敢進來，聽到喊聲，連忙進門走到我旁邊。

「怎麼了？」

「放點血給我。」

芷嫣驚恐地盯著我，「大……大魔王，雖然我很喜歡妳，可、可我……還不想死。」

「誰讓妳死了？放血，酒杯那麼一點就夠了。」

我咬牙，這個身體，還真是如我先前預料的那樣，需要靠他們琴家人的血方才可以繼續活動。

這哪行啊！

以後我和墨青辦正事時，難道還要芷嫣在門外守著？事到中途，萬一我不行了，還得提了芷嫣進來，奉上一杯血飲下，再接著辦事？

這場景光用想的就夠荒唐了！

我堂堂路招搖，怎麼能要這種被限制的人生！成何體統！有損威武！

必須想個法子解決一下！

我看著芷嫣刺破指尖，在茶杯裡給我擠了小半杯血出來，送予我飲入喉間，我瞇著眼琢磨，看來，今晚還得去趟鬼市。

畢竟對於鬼的事情，還是只有鬼市裡的鬼最清楚。

第三章 故鄉

喝了芷嫣的血，我恢復了精神，想著鬼市要晚上才能去，再著急也沒用，便又向芷嫣伸出了手。

芷嫣怔怔地望著我：「還要？」

「不是。我要妳身上的鏡子。」此言一出，我明顯感覺到握著我手的墨青微微一僵。

芷嫣老實將銀鏡遞給我，我微笑著，讓她先出去了，讓屋內只剩我跟墨青。

我轉頭望向他，攤開掌心的鏡子，「外面的事都解決完了，咱們來聊聊吧，你先前與我說，這鏡子叫什麼名字？」

墨青看著那面小銀鏡，默不作聲。

「我沒記錯的話，好像叫窺心鏡是吧？」我將他拿在手裡，晃了晃，「窺心鏡，這麼多年，都窺了些什麼？說來我聽聽。」

墨青一聲嘆息：「招搖……」

我將鏡子掛在了他脖子上，「你心裡在想什麼，也讓我聽聽。」

墨青定定地望著我，「妳想知道？」

「我想知道。」我點點頭。

他一聲輕笑，「那不需要鏡子。」話音未落，他便蜻蜓點水一般在我唇上輕輕一點，「懂了嗎？」

我挑眉看他，「就這樣？」

墨青眸光一黯，不言不語，再次壓在我的唇上，輕輕舔弄，細細品嘗。我反手將他一推，微微拉開了他的衣襟，指尖剛碰到他誘人的鎖骨，只聽背後「咚」一聲響。

我一咬牙，咬疼了墨青的唇，他睜開眼，隨手一揮，只聽一陣丁鈴噹啷的動靜，司馬容的聲音哀哀響起：「唉，我好不容易才讓這木頭人會了瞬行術的！」

嘖，司馬容！早不來晚不來！

我憤憤地坐起身，瞪向那已經被墨青打得七零八落的木頭人，斥道：「說！什麼事！」

那木頭人的腦袋在地上滾了兩圈，終於轉回來看我，「路……路……」

「對，我復活了！有事就說，沒事就滾。」

墨青也跟著坐了起來，冷靜地拉了拉衣襟，將被我扯亂的地方恢復原樣。

司馬容是何等精明的人，當即了悟，他咳了一聲，「哦，復活好復活好，省得有人每天過得比苦行僧還苦。」

墨青一抬眼眸，輕描淡寫地掃了他一眼：「你最近好像比較閒？是不是缺事做？」

司馬容哈哈笑了兩聲，「聽說塵稷山出事了，我特意造了個會瞬行術的機關人來看看你，本欲幫點忙，未曾想來晚了，看了點不該看的東西，也罷也罷，我先走了……」

「站住！」我喚住他，走過去，抱起木頭人的腦袋，摳下了兩顆琉璃珠子做的眼睛，塞進了木頭人的嘴裡，「知道是不該看的，以後就別瞎看，看了也別瞎吭聲。」

墨青在我身後輕笑，司馬容的木頭人委屈得說不出話。

我轉過身，取下墨青身上的銀鏡，掛回自己身上，他有些愣。像是驚訝於我知道了這是窺心鏡，還願意將它帶在身上。

「赤誠相待。」我指了指他的心，「你想知道關於我的一切，我都讓你知道。」

墨青眸光一柔，開口解釋：「這是我從封印中出來時，帶在我身上唯一的東西，以前並不知道它叫窺心鏡，包括送給妳的時候，也不知它有這般作用。是那之後，方才知曉，而後想要回來，卻也無法開口了。」

從封印裡出來的時候，唯一的東西……

墨青將他給我，也足夠說明他的心意了。

「去吧，早點忙完別的事。」我道，「我等你回來。」

他眸光輕柔，在我額上落下輕輕一吻，轉身離開。

一整個下午，墨青忙於肅清反叛之人，重造萬戮門，整個門派上下一堆事情等著他處理。

入夜，我便帶著芷嫣去了鬼市。在原處站了沒一會兒，脫力感襲來，芷嫣血液的效果消失，我果然離了魂。

交待芷嫣在此守著我的身體，轉頭奔向鬼市林中酒樓。

可我在酒樓裡繞了好幾圈，也沒看見子遊，正想去大陰地府錢鋪尋尋他，後面便有一道清朗的男聲喚住了我。

「路招搖。」

我轉頭，一名面如冠玉、束髮長衫的男子，淺笑著站在酒樓門口。

我不認識他，但他竟然知道我的名字，我微帶戒備地飄回去了一些，盯著他問：「你是何人，為何識得我？」

「在下竹季，子遊應當與妳提過，我是酒樓的老闆。」

哦，我想起來了，第一次與子遊見面時，他口中的那個與別的鬼市商人不大一樣的老闆。倒是個……挺好看的老闆，與這鬼市裡陰氣森森的鬼都不大一樣，身上帶著幾分飄渺之氣。

「我有兩封信要給妳。」他一邊說著一邊在懷裡摸了摸，「一封是曹明風給妳的……」他好像找了很久，終於掏了一封書信出來，放在我手中。

曹明風？我想了半天，才終於想起來，那不是被我燒成神仙的先夫嗎……萬萬沒想到還有再聽到這個名字的機會。只是，他已經上了天，居然還能託這人給我帶信，那也就是說我面前這人，也是……仙人？

正正經經不摻假不含水的，不是像洛明軒那種被人封上頭號的，那天上的，傳說中的真仙人？

「還有一封……咦……我放哪兒了？」他周身摸了個遍，又找袖子又看地，比凡人更迷糊。

我冷眼看著他，直到他轉了許久，終於從另一個袖子裡翻出了信。

「哦，這是子遊留給妳的。」

留……給我的？

我伸手接過，順口問了一句：「子遊去哪兒了？」

「忘掉了所有該忘的事，去哪兒都無所謂了。」

回答得真坦然淡定。不過本來也是，他即是這鬼市酒樓的老闆，這種事，應當見得多了吧……只是想到子遊，我不禁覺得可惜且遺憾，本來我還想來告訴他，他哥哥的現況。

不過也罷，對子遊來說，那些事也都不重要了吧。

我展開了子遊的信，裡面寫的不多，大意便是，能在鬼市再遇見我，相當高興，等不了我再來鬼市，也有些遺憾，希望來生，還有機會再見。

寥寥幾筆，無甚滄桑，也沒有感慨，等到最後，他坦然地接受了自己終將遺忘一切的事實，我除了用冷靜的表情讀完這封信，並祝福他的來生以外，竟找不到更適合的情緒。

路就是這樣，終會走到盡頭，沒什麼好悲傷，也沒什麼好難過。

我收了子遊的信，又展開了曹寧的信，與子遊不同，裡面密密麻麻寫了一大篇，通篇讀來，全是對我的歉意，末尾還寫了幾筆感謝，最後還提了一句，若以後有什麼需要幫助的地方，可託竹季傳話。

我眼珠一轉，當即便對竹季道：「你幫我給曹寧傳個話吧，我現在是生魂，找到自己的身體了，卻沒辦法在身體裡久待。我想復活，你幫我問問，他有什麼解決的辦法嗎？」

「這倒是不用找他。」竹季道，「妳這狀況等同於生者意外離魂，妳把身體帶回妳的故鄉，讓人喊妳的名字，喊上三聲，妳便可回魂了，凡人管這法叫招魂。」

我愣了愣，回道：「這麼簡單？」

「找對了法子便是簡單的。」竹季一笑，「我的法子絕對都是對的。」

看在子遊以前那麼崇拜他的分上，我打算勉強信他一次。

向竹季告別，我轉身離開，他在我身後笑著對我揮揮手道：「妳放心好了，妳是仙人遺孀，不管做什麼都會有上天眷顧的。」

當鬼這段時間，經歷了鬼市的這段遭遇，你說上天會眷顧我？

……希望如此吧！

回到身體裡，我讓芷嫣扶我起來，然後在她手指頭上咬了一口，吸了點她的血。

芷嫣有點委屈，「大魔王，妳這麼咬我，都不帶猶豫的？」

「不猶豫。」我果決地答了一句，「回去叫人，咱們去一趟我的故鄉，等回來，我就不用咬妳的手指頭了。」

「妳的故鄉？」芷嫣問我，「在哪兒？」

在回答前，我先提著芷嫣，施了個瞬行術，徑直回了無惡殿。

「一個破山溝裡，沒起過名字，可我找得到路。」我以神識探了一下無惡殿，發現墨青不在。

想來是其他山峰事多繁雜，暫時回不來了。十七倒是正趴在我那房間裡的桌子上睡覺。她法力不高，身體是需要休息的，可我在殿外剛剛一動，她在裡面就醒了，一路開心叫著：「門主門主門主！」就跑了出來。

我心道，帶十七一起走也不錯，她嗓門大，幫我喊名字一定喊得充滿愛意且無比響亮。

話還沒說出口，面前又是人影一閃，林子豫憑空出現，見了我，先行了個禮，神色有些匆忙地往無惡殿而去。

「墨青不在。」我喚住了他，「有什麼事你與我說。」

他果然回頭，俯首跪下，恭敬稟道：「門主責罰屬下去刑罰司受刑三日，我與路上接到素山前暗羅衛的回報，柔佛巴魯姜武在今夜借助江城潛藏之力，奇襲千塵閣，已殺了數百千塵閣門徒，破了素山陣法，重傷琴千弦，將其綁走不知藏去了何處。」

芷嫣倒抽一口冷氣，我肅了神色。

今日早上，姜武才被墨青切了個細碎，損了一個傀儡。我不會做傀儡，可我卻知道，損一個傀儡，真身便也要損上三分。

早上死了一個，晚上又出了一個，他是自身力量強大無所畏懼，還是……真身出戰了？

這事做得這麼急，又是為何，還只突襲千塵閣……

琴千弦，琴千弦……

這姜武抓人，可抓得十分微妙。

「我昨晚才和人說有困難找我，今天他就被人抓啦。」十七在我旁邊瞥嘴，「那我得去救。」

我一琢磨，心道也妥，姜武修魔，他那群手下也都是如此，十七之前在萬戮門的任務也就是收拾這些不乖的魔修。

之前我還在芷嫣身體裡時，被姜武抓過，聽他言語之間，似對自己布的結界相當有自信，而這些東西對十七無效，讓十七去收拾他，準讓他吃個大虧。

我讓林子豫帶著十七去救人。

兩人離開後，芷嫣問我：「那等厲塵瀾回來，再去妳故鄉嗎？」

「不用等他，我們直接去。」

我心想，我故鄉那個地方，從小生活到大，除了洛明軒這個傢伙外，再沒人去過，遍野瘴氣，滿目荒涼，洛明軒先前說那是魔王封印他遺子的地方，現在魔王沒了，遺子也出世那麼多年了，大概那兒就剩一些荒蕪的林地，我帶著芷嫣瞬行過去喚喚魂，回來不過也就一炷香左右的時間，犯不著非要墨青陪著去。

第四章 相見

瞬行至故鄉。

洛明軒說此地以前有魔王封印，所以外人難以進入，裡面的人也不容易出來。但自從洛明軒弄壞了封印，放出墨青後，這裡的結界陣法便不復存在，任何人皆能隨意進出。

只是千百年來，因為魔王封印的緣故，殘留在這片土地上的瘴氣難以消去，四周枯木永不逢春，連冒綠的雜草也不生一根。

這裡一不宜居，二不方便修行，沒有人願意到這窮山僻壤來，是以我與芷嫣落到這處地時，芷嫣還狠狠驚訝了一番。

「大魔王，妳是在這種環境下成長的啊……如此艱苦，難怪能成為大魔王了……」

修魔修仙都是修的道，修道自然得有天地靈氣，我這故鄉全是瘴毒之氣，普通人來了沒毒死在裡面便算不錯，此處斷不是一個修行的好地方。

可我不一樣。

我姥爺說我們一族在這地方生活了千百年，每一代人都更比前一代人更適合這個地方，等生到我時，我的體質已經適應到能吸收瘴氣為養分，用以修煉。離開故鄉後，這廣袤世間，茫茫天地，任何一處都比我故鄉更易修行，我自是混得更加如魚得水。

誠如芷嫣所說，難怪我能成為大魔王。

許久未來故鄉，我卻沒有一點陌生感，還因著知道了我與墨青之間的淵源，對此處生了幾分新情。

我領著芷嫣在山溝裡一通繞，終是找到小時候與姥爺一同居住的小院。小院破敗，塵埃似土，以前那個總守在院裡喝酒的老人也再也不見。我入了屋，掐了一個訣，令一陣風帶走了榻上的塵土，坐了下去，等著身體離魂。

芷嫣便在屋裡左瞅瞅右瞧瞧，「剛來的路上還看見了好多別的院子，怎麼一個人都沒有了？都出去了嗎？」

「都死了。」

芷嫣一驚，「為……什麼？」

「以前這兒有結界的，內外不通，在這裡活一輩子，很多人都活膩了，我那時還小，父母那一輩人嘗試著去找出去的辦法，可離開後就再也沒有人回來過，漸漸地，村子裡就只剩下我與我姥爺了。後來結界鬆動，我也去外面的花花世界了……」

我閉上眼，後面的事已經回憶過太多次了，不想再說。

芷嫣坐到我的身邊，拍拍我的肩，「妳別難過，現在妳有塵稷山啦，等咱們招了魂回……」

「方才這兒好似有術法的氣息？」

芷嫣的話被外面的人聲打斷。

我眉目一肅，此處不應當有別人在才對！細細一聽，發現外面竟似有四個人……不對，還有是五個。

「老大，剛才好像還聽見屋裡有聲音。」

我以千里眼往外一探，卻見外面那四、五個魔修的小嘍囉背後緩步徐來一人，身形極為高大，約有丈餘，那腰圍得拿三個芷嫣接起來怕是才能圍攏。一條腿比芷嫣整個人都要粗許多，然而就算是這般「巨大」的魔修，踏步之時，卻輕巧得毫無聲息。

不知實力如何，怕是不好對付。

我握住了身側的六合劍。

然而便在這時，我手掌剛撫在六合劍劍柄上，渾身陡然一個脫力，竟然在這種時候離了魂去！

我懵了，好歹讓我吸口芷嫣的血啊！

我急著再往身體裡躺，可剛離魂這一時半會兒我卻進不去自己的身體。

呵，說什麼仙人遺孀有上天眷顧，你們上天怎麼和鬼市一樣坑？你們都是用這樣落井下石的方式眷顧人的嗎？

「芷嫣。」我喚了她一聲，「現在便喊我的名字，快一些。」

怕被外面的人發現，芷嫣極為小聲又迅速地喚了三聲「路招搖」，可我只覺身體與我的魂體之間有一股力道輕輕一牽，隨即又消失了去。

招魂是有用的！我了悟，恐怕是要喊得更大聲些。

「大聲點，喊起來！」我催她。

芷嫣聲音細小，猶似耳語：「外面的人會發現的……」

我咬牙道：「怕什麼！我回魂了還能讓人欺負妳？出息點！而且妳也沒那麼弱了。」

外面的人也在私語：「老大，裡面當真有人！」

芷嫣一咬牙，深吸一口氣，一個「路」字尚未出口，便聽一聲炸響，一隻大手猛地將屋頂整個掀翻。

磚石瓦塊混著斷木與塵土坍塌而下砸落在我的身體上，芷嫣立即撲過來，護住我的腦袋。她口中沒有停，便用這般撲在我身上的姿態，不管不顧地喊出了我的名字：「路招搖！路招搖！」

伴隨著這兩聲出口，我驀地感受到一股牽引的力量，拉著我向身體而去，可就在芷嫣第三聲即將開口時，她卻被屋外的那只大手徑直從屋裡抓了出去，一個「路」字半路變成了一聲尖叫。

六合劍落在我身體旁邊，芷嫣此時手無寸鐵，她被那「巨人」握在手中，巨人的手指正好壓在了她的嘴上。任由芷嫣如何掙扎，都掙不過他手指的力量，甚至連呼吸都有幾分困難了。

「小丫頭，在搬救兵嗎？」巨人開口，聲音渾厚，光是開口說話的這幾個字，便攪動山溝裡的瘴氣，吹動枯木，可見其氣息渾厚，不是芷嫣所能對付得了的，

「嗯？還有一個？」

巨人望見了屋內的我的身體。

我一咬牙，只能無可奈何地看著他將我的身體抓在手裡。

六合劍從床榻上掉在地上，被磚石覆蓋。巨人沒有屋內，只是舉起了我與芷嫣，看了看：「兩個女娃娃，到這個山裡來幹什麼？」

這人不認識我，應當是這幾年才從江湖上冒出頭的。

可就這麼幾年的時間，魔道裡居然出了這般人物，而墨青卻也沒有將其列入拉攏或者抹除的名單裡？還是說……他一直潛藏在這山溝裡，墨青根本不知道？

這倒是極有可能。我在世時，並沒讓司馬容將情報線布到這裡來，誰能想到靈氣如此貧瘠的地方，還有人在這裡藏著修行？

「老大，要拿去給別的老大瞅瞅嗎？」

還有別的老大？

這地方藏的人不止這一個？

「給別人瞅什麼？這兩娃娃水靈，趁他們不知道，我趕緊先吃了。」

竟是個吃人的魔修！

芷嫣被勒得滿臉通紅，聽到這話，她一隻手奮力掙了掙，終於在這巨人的指縫裡伸出了手掌，磚石裡的六合劍光華一轉，迅速飛到她手上，挾帶著一記天雷，將那魔修的大手劈開。

芷嫣臨空一蹬，順勢脫開了魔修的掌控，她深吸一口氣，再是大喊一聲：「路招搖！」

我還是沒回魂。

我有點崩潰，都沒有心思去責怪老天了，只對芷嫣喊道：「連著喊！前面兩聲隔得太久時間已經過了！」

「路招搖！路……」

「啊！」那魔修被天雷劈了，十分憤怒，他一聲怒吼，對著飄在空中的芷嫣一瞪，芷嫣立即被他周身力量狠狠拍到地上。他一抬腳，絲毫不憐惜的往芷嫣身上一踩，徑直將我那舊居踏碎，也將芷嫣踩在了廢墟底下。

她沒了聲息。

我心神一凜，巨人抬起腳來，我看著芷嫣埋在廢墟當中被塵埃染髒了的臉，握緊了拳頭。

「哼。」他一聲冷哼，將芷嫣從那廢墟提了出來，「路招搖？能來救妳？」

巨人喊出了我的名字，成了我招魂的第三聲……

長風一過，彷彿破開了萬里瘴氣，我只覺周身霎時便被一股暖意圍繞。將我一牽、一拉，周圍一切都變得模糊。

片刻之後，心臟的跳動震盪胸膛，我已回魂。

我睜開雙眼，看見面前，巨人抓著芷嫣的身體，將她往嘴裡一扔。

我一握掌心，周身力量澎湃而出，霎時之間，巨人的手掌被我狠狠炸開，在一片血肉模糊中，我瞬行術一過，將芷嫣從那巨人嘴邊搶了回來，再是一閃，已徑直退到了十丈開外。

那方的巨人才開始痛嚎出聲。

其聲巨大，震顫山中枯木，致使大地震顫，枯木碎裂。

我幫芷嫣掩住耳朵，護住她的心脈，待得那嚎叫之聲褪去，我才將芷嫣放到地上，給她掐了個結界，護她於其中。

我站起身，任由那巨人呼出的長風拂動我的衣襬與長髮。我捏了捏指骨，「劈啪」兩聲，一揮手，召來了廢墟之中的六合劍。

踏步向那捂住斷手的巨人走去。

「還沒誰敢在我面前這麼欺負我的人。」我將六合劍一揮，劍氣如虹，天雷覆蓋在上，發出轟隆之聲，宛似潛龍低嘯，「說說，你想怎麼死？」

「混帳東西！我的手……」巨人並未領會我話中意思，他一咬牙，在身後那幾個嘍囉的驚呼聲中，邁大步朝我奔來。

他手中光華一閃，竟是以魔氣凝出了一把巨斧，他嗷嗷叫著，舉著斧頭便向我砍來。

我停住身形，氣息一動，轉眼之間便繞到了他頸項後方，六合劍從他頸椎處刺入皮下，我冷了目光，歪著嘴角一笑，「你太慢了。」

六合劍往前一送，本是能從他頸項後面徑直刺穿他的脊椎骨，刺破他的咽喉，可便在我即將徹底穿透他的骨頭的時候，六合劍卻被旁邊斜來的一把八面厚劍架住。

「呵，你們萬戮門當門主的，火氣都這般大？」

我眸光一斜，卻見一頭紅發，笑容猖狂，神色放蕩不羈的姜武正握著那八面劍的劍柄。

「呵。」我學著他，也是一聲輕笑，「對呀，火氣就這麼大。」

言罷，六合劍劍刃未動，我將氣息灌入劍刃，天雷順著劍刃而去「劈啪」一聲，徑直將那巨人的頸項穿了個通透。

巨人喉嚨發出含糊的聲音，再沒別的動作，頹然倒下。

我向後一轉，退到芷嫣身邊，淡淡地盯著面前的姜武，但見他紅髮及腰，披肩而下，只是額前瀏海還是如他那些傀儡身體一樣張揚。

這般力量與氣勢，斷然不會是傀儡了吧。

那想來，去素山千塵閣抓琴千弦的，定是傀儡了，一個人當幾個人用，這姜武還真會玩。

姜武握著八面劍，撥了撥地上巨人的屍身，「好不容易才培養出來的下屬，就這般被妳幹掉了。」話雖如此，他卻沒有半分可惜的神情。他收劍入鞘，只是盯著我，舔了舔嘴唇，「妳拿什麼賠我？」

第五章　囚禁

他這話讓我聽得好笑。

「我路招搖活了這麼多年，還沒人敢向我討賠。」我以六合劍挽了個劍花，「看在你是第一人的分上，我便給你個面子。」言罷，我召來天雷，在我與他之間落下一記轟鳴，塵土飛揚後，一個大坑落於眼前。

「賠你一個坑，把他埋了吧。」

姜武「哈」的一聲笑了出來，「有趣有趣，路招搖，妳果然有趣。」

「是吧，我也覺得我挺有趣的。」我答了他的話，一抬六合劍，直指他的心房，「我的帳了了，那咱們來算算你的帳吧，塵稷山損壞的磚石瓦牆，傷亡的人馬，你打算拿什麼賠我？」

姜武瞇著眼看我，「妳想讓我怎麼賠？」

「拿命賠吧！」話音一落，我揮劍而上，電閃雷鳴之間六合劍與他手中厚劍相互撞擊。

一招接觸之下，我卻有點吃驚，這小短毛變成了小紅毛之後，比先前傀儡的力量至少高出三倍。劍刃交接，電光在我與他之間穿梭，姜武的眼睛裡隱隱有紅光閃爍。

「路招搖，我這麼喜歡妳，妳卻對我如此，真是讓人傷透了心。」

嘖，這個姜武真是個沒定性的，滿嘴跑胡話，之前不還喊著鬧著那麼喜歡芷嫣嗎，怎麼一回頭就看上我了？

你的喜歡也太廉價且容易改變了吧！

我沒答腔，只用更猛烈的一記劍氣將他推遠，複而一個瞬行追上前去，六合劍劍刃直刺他的心房。

姜武身形一側，胸膛貼著六合劍的劍刃邊緣，移到我身前，他沒有攻擊，只是伸手一攬，抱住了我的腰。

「人可以賠妳，命不行。」

我一瞇眼，冷冷回道：「登徒子死於好色這句話你沒聽過嗎？」我把劍反手一轉，手起刀落削向他的手臂，然而劍尖在碰到他肩膀時，他身上驀地閃出一道紅光，堪堪將六合劍擋住。

這是……護體結界？

像琴千弦那樣的護體結界？

據我所知，世上能將結界術修到能擋住我六合劍的，除了琴千弦，約莫是沒有別人了吧！這個姜武……

姜武見我驚訝，他咧嘴一笑，顯得有幾分得意的放肆：「與妳打架很好玩，可現在我沒時間陪妳玩了。」他說完這話，我只聽背後又傳來了他的聲音，「跟我走，否則妳方才拚命保護的小美人，我可就不管了。」

我周身氣息一震，推開紅髮姜武，一轉頭，只見小短毛的傀儡姜武竟然破開了我給芷嫣留下的結界，將她抱了起來！

失策了……姜武一直對他的結界術很是自信，我便該算到他有破除別人結界的能力。

此時，那小短毛姜武一手攬住芷嫣的腰，一手掐住了她的脖子。只用使一點力，他便足以讓昏迷中的芷嫣永遠沉睡。

我按捺住情緒，瞇著眼轉過頭看姜武，「小紅毛，你到底有多少傀儡啊？」

「妳想知道？」他倒是豪爽，伸出手想牽我，「我帶妳去看。」

「不用了。」我避開他的手，「殺了你，他們也就沒用了吧。」我手掌穿過六合劍劍身的天雷，在六合劍上一抹，讓劍刃帶上了我的血液。

血祭六合劍，使六合劍光芒大作。

電光襯得姜武一臉森冷，他一挑眉梢，嘴角帶笑：「妳不怕我讓傀儡殺了芷嫣？雖然我也是挺欣賞那小美人兒的，可不知為何，這次見她，少了前幾次那種感覺，殺了也無甚可惜。」

我一聲冷笑，在姜武的眼眸中看見了自己肅殺一片的神情，「你要殺她，便殺。我路招搖，不接受威脅。」

話音一落，我瞬行術踏步上前，只見姜武終於收起臉上的笑，預估我的劍勢，往後一退，隨即抬劍來擋。

這時，我將手中六合劍往身後一擲，破開層層瘴氣，出其不意地將六合劍扔入了那傀儡姜武的腦門。

身後「唰」的一聲，不用向後看，我便知道那名傀儡當場斃命，而尾隨六合劍而去的，還有劍柄末端的一個瞬行術法咒，擊中傀儡的同時，瞬行術法咒一動，將傀儡姜武、芷嫣及六合劍一同送回了塵稷山的無惡殿。

那方事了，而這方，就在這電光火石間，姜武方才欲來擋我攻勢而發出的劍氣，沒有了六合劍的阻擋，直直砍上了我的肩頭。

我一聲悶哼，生生受了這一劍，姜武卻沒再用力。

小短毛傀儡剛被我殺掉，他神情中帶有痛色，是傀儡消失給施術者的反噬。

我受他一劍，他傀儡被我幹掉一個。

這一局交鋒，平手。

姜武盯著我，倏爾大笑出聲：「好好好，不愧是我看上的女人。」片刻之後，他的笑聲戛然而止，他抬眸望了眼天色，「不過也該到此為止了。」他伸手欲擒我，我側身躲過，未曾想他竟是一把抓住了我脖子上的小銀鏡。

「哼，窺心鏡。」

他手快，一把將銀鏡從我脖子上生生扯下，丟了出去。

我瞳孔一縮，瞬行欲拿回那鏡子，卻倏覺後頸一涼，一股刺痛感襲來。

下一瞬間，眼前一黑，我竟是……昏了過去。

再醒來時，四周閃爍著豔紅的火光，周遭皆是泥土，看起來竟像是在什麼地下洞穴中。我站起身，捂住涼颼颼的後頸，四周看了一圈。

這是一處小洞穴，土石牆壁之上點著兩三盞燈，將此處照得還算亮，而當我想離開這個小洞穴往外面通道走的時候，卻被一道無形的屏障擋住了去路。

是結界，不用想我便能猜到這必定是姜武布下的結界……

我竟是……被囚禁起來了？

荒唐！

想我路招搖橫行霸道一世，從未想過，在洛明軒死了之後，還會被人抓起來關小黑屋！

小紅毛你真是囂張極了啊！

我伸手觸碰面前結界，聚力想震開這結界，可未曾想我使出去的氣力，盡數被吸收了去，一點效果也沒有。

先前為了救芷嫣，也把六合劍扔出去了，我……

「阿武！」幽深的通道那方傳來了急促的腳步聲，還有人吵鬧的聲音，我識得這音色，是當初姜武身邊那個名叫「小毅」的親信。

未見他們人，便聽得那小毅在鬧騰著，「你把她捉來幹什麼！厲塵瀾被引來此處，這結界若是再如江城那般被破了，裡面千百個人你讓他們逃哪兒去！」

「此處結界不會被破。」姜武聲音答得懶洋洋的，一副剛睡醒的模樣，「我已經不是之前的我了，而且我喜歡的女人不自己抓來關著，難不成讓她被別人抓去關著嗎？」

「你從沒見過路招搖好嗎！」他們一邊說話，一邊走到了關我的結界外面。

姜武笑嘻嘻地向我打招呼，旁邊的小毅一副要崩潰了的模樣，「你的喜歡也太廉價了吧！之前不是還讓我們去抓琴芷嫣嗎！」

我在結界裡抱著手，一臉冷漠地看他們吵架。

終於，小毅將頭上帽子一摘「啪」的扔在地上，氣呼呼地踩了兩腳：「啊！你太亂來了！這命沒法賣了！老子不幹了！我要回老家！」

姜武毫不在乎地擺了擺手，「走吧走吧，吵死了。」

小毅當真一扭頭就走，連帶吼了一路的混帳大紅毛。

見狀，我挑了眉梢，未曾料過這姜武治下，竟是這般和顏悅色的風格，不過該任性的事，他也都任性地做了就是了。比如說像現在這樣，抓了我。

「你抓我幹什麼？」我問他。

「我方才不是說了嗎？」姜武倒是一下就穿過了結界，坦然望著我，「我喜歡妳啊。」

這人和墨青完全是兩個風格。即便到現在，這四個字我也沒有從墨青嘴裡聽過，姜武卻輕描淡寫地就說了出來。

有多少真心，就不知道了。

於是我也答得隨便：「好，我知道了，我不喜歡你，把結界撤了吧，我要走了。」

姜武卻是不在意我這般冷漠的態度，反而笑了一聲，走到我床榻邊坐下，拍了拍身側的位置，

「路招搖，和我聊聊吧，妳不想知道我為何突然喜歡妳嗎？」

「不想。」

我現在只要一想到墨青在外面心急如焚地要找我，就覺得在這裡耽誤的每一刻都萬分難熬。

姜武大咧咧地坐在床榻上，「妳不想知道，我也得告訴妳。」他眸光直勾勾地盯著我，「妳能相信嗎，世上會有一個人是為妳而生的。」

我一愣，為我而生？

「你父母是……」我疑惑地看著姜武。

姜武盯了我一會兒，忽然站起身來，向我走來。

一步步靠近，那一頭刺眼的紅髮令人難以直視，我不由往後退了一步。

姜武停在我身前道：「嗯，眼睛還是和當年一樣漂亮。」

我被他這話說得有點愣神，當年……是哪一年？

「萬戮門舉兵大攻錦州城時，琴千弦為解錦州城之危，率千塵閣人斷萬戮門後路，後反被萬戮門所擒。門主路招搖求琴千弦與地牢之中，觀賞一日，隨即放走琴千弦……」姜武指了指四周，「如今情景，可是與當日，有幾分相似？」

我就說了，出來混遲早是要還的！

琴千弦這個修菩薩道的，美得男女通吃，竟然背後有姜武這麼一個暗戀者嗎！原來一切的一切，都是姜武為了幫琴千弦報仇才做的啊！

我痛心疾首地道：「當年，那般對琴千弦，著實是我一時……」我在斟酌，到底該用什麼詞比較合適，是我衝動？好色？還是鬼迷心竅？

不管怎麼解釋，我都將人看出毛病了……

「緊張什麼。」姜武咧嘴一笑，還是那麼張揚，「因為妳，我才從琴千弦的心裡，來到這個世間啊。」

嗯？不是琴千弦的暗戀者？他從琴千弦的心裡來？我又愣了一瞬……

「啊……難道……」

「對。」姜武點頭，「我便是琴千弦的心魔。」

「……」

大爺的，說到頭，還是出來混總是要還的！

我恨不得回到過去，抓住當年那個鬼迷心竅的自己狠狠打上兩耳光。

看！看什麼看！你這個就會看人臉的路招搖！人家墨青那麼漂亮一雙眼妳不天天看，捉了一個修菩薩道的來看幹什麼！

這下好了，這麼多年以後，還是吃了當年好色的虧了吧！

真是天道輪迴，誰也沒放過誰。
被人心魔給抓了，這下丟臉丟大了……

第六章　心魔

我看著面前的姜武，他的模樣與琴千弦一點也不像。

琴千弦菩薩相貌，慈眉慈目，平素面色冷淡，然則唇角自帶三分慈悲笑意。我與琴千弦算是見過不少次，交手也有過幾次，卻從未見過他對誰下殺手，連之前仙臺山之上，其他仙門的人想要捉了他放血，他也都是帶著三分保留地回擊。

這姜武，五官卻長得十分誘惑勾人，嘴角掛著不羈張狂的笑，眼裡卻沒幾分溫度。他動手殺人我是見過的，在那江州城通往花街的小橋之上，一言不合就直接撕人。

他與琴千弦相比，正巧像是鏡子裡的兩面，說是心魔，也不為錯。

只是……

「琴千弦當年喜歡我？」我結合姜武先前說的話想了想，「他不是說是一些雜念嗎？」

姜武一聲笑，坐回了那床榻之上，「他修菩薩道的，亂他修行的都是雜念。當年妳抓他，盯著他看了一宿，他未近過女色，由此生了雜念，而妳看完了他，又將他放了，動搖了他為魔者惡的信念。路招搖，身為修魔者，妳應當知道，人心最是生不得這些雜草。」

我知道，對自己信仰的猜忌、對自己修行之道的懷疑，會讓惡念從雜草長成參天大樹。萬戮門以前收拾了不少修仙者，都是從在他們心裡種下那株雜草開始。

「怪他，之前過得太一塵不染，一旦有了一絲塵埃，便無可救藥地放大。」姜武用手指繞著圈，紅色的魔氣自他指尖流出，一點一點，越繞越多，「日復一日，年復一年，他便在心裡生出了我。」

最終，紅色魔氣在他面前繞成了一個孩童的模樣。

「越是控制，越是控制不住；越是壓抑，越是無法壓抑。最後……」姜武在那孩童眉心一點，只見那由魔氣繞成的孩童竟然顯現了實體，猛地一睜眼，一雙眼瞳血淋淋地盯著我。

我眉心一緊。

姜武竟然在我面前，用魔氣勾勒了一個傀儡出來。

這個姜武，實力……恐怕難以預測。先前與他動手，便明顯地感覺到了他有三分保留。他與琴千弦相比，恐怕現在不知在琴千弦修為之上多少境界去了……

他一個心魔……

「我因妳而起，卻因琴千弦自己的無力抵抗而壯大。」小孩開口，接著姜武的話說了下去，「我就在他心裡長大，在他腦海裡說話，左右他的意志，誘他入魔。哪曾想，劍塚一戰，妳死了之後，他竟偷了妳屍身，懸與素山陣法冰牆之中，日日清心吟咒，終將我棄之體外，意圖藉由素山陣法，困鎖於我。」

姜武倒在那床榻上，動動指尖，操控著小孩向我走來。

小孩血紅的眼睛慢慢變得正常，遮掩了那駭人魔氣，他與我道：「琴千弦將我剝離出去，便等於剝離了半個自己。打那時起，對於他來說，心魔雖除，可元神大傷，他功力急劇衰減，他的陣法也困不住我。

「我逃出素山後，落於柔佛巴魯邊上，一如現在這般，幼兒形態，宛似新生，適時恰逢柔佛巴魯戰亂，廝殺之氣瀰漫……」小孩勾唇一笑，配合著後面那操控著他的紅髮姜武的笑容，讓整個地牢顯得有些陰森。

更比鬼市的氣息，更加詭異。

「路招搖，妳見過被剝離出來的心魔嗎？」

我沉默，因為我沒見過。

我等魔修，修的也是道，只是在正道看來，魔修靠搶奪他人功力，利用邪門歪道的法子獲得修為的方式是為「魔」。然則魔修與真正意義上的「心魔」卻是兩回事。

修仙修道者，走火入魔的人很多。修魔者也有走火入魔一說，有的人被心魔鬧得經脈逆行，當場暴斃；有的從此瘋瘋癲癲；有的則被心魔主宰身體，從此自我意識徹底消失。

卻沒人將心魔剝離出來過，至少這琴千弦是我聽過的第一例……

從沒有人做過的事，琴千弦做到了，可想而知，這個過程有多麼艱辛困難。

他以前的修為，恐怕真的如世人傳說的那樣，無人能探底線。

然而現在姜武獨立出來了。

「沒人了解心魔，我也不了解自己。我不知道自己是誰，不知道自己從哪兒來，即將去哪兒，我卻發現身體裡有一種能力。」小孩伸出手，緊握成拳，「我能吸食那麼多人類恐懼及憤怒的情緒，就像在琴千弦的心裡，吞噬他的雜念一樣。」

我聽得心頭一凜。

心魔在琴千弦心裡，便只吸食他一個人的情緒，待剝離出來，到了外面，便開始吸食身邊所有人的負面情緒嗎？

這姜武……未免也太嚇人了些！

「值得慶幸的是，我落到柔佛巴魯之時，適逢柔佛巴魯大亂，兩國征戰，戰場之上殺氣、血氣、憎惡、恐懼……那麼多的陰暗氣息撲面而來，融入我的身體，我便慢慢長大……」

姜武手指又是一轉，一股魔氣再次湧出，灌入那小孩的身體。只見小孩表情痛苦，他捂住心口，身體卻在飛快地長大，一點一點，我就看著他在我面前，長成了之前我所見到的那小短毛姜武的模樣。

一個傀儡……就這樣在我面前成型了。

小短毛姜武伸出手，輕佻地挑起我的下巴，他勾唇一笑，「然後，柔佛巴魯姜武，便出現了。」

我靜靜地盯了他一會兒，目光一轉，看向他身後的紅毛姜武，「你與我說這些做什麼？我其實也不太關心你從哪裡來。」

「沒人知道我的來歷，包括之前我自己也不知道，路招搖，是那日塵稷山上再見妳，才讓我想起了這些過往。」他擺擺手，讓那小短毛從我面前走開，不礙著他看我，「我因妳而來，所以想讓妳知道我是如何因妳而存在。」

這話聽起來好似深情，然而將我關在這種地方，強迫我聽這種話，就有點讓人不開心了。

我現在最關心的問題不是他從哪裡來，而是我要怎麼從這鬼地方出去。

他方才那麼篤定地說墨青無法打開此處結界，那我從裡面能不能找到打開的辦法呢？我打算套套他的話，至少要知道，這能吸食負面情緒的小紅毛，有什麼弱點。

我不甚在意地撇了撇嘴道：「聽起來你好似很厲害的樣子，可你這般厲害，混了這麼些年，卻是依舊在這地底偷生，可見你那吸食人負面情緒的力量也不是很強大嘛，否則這茫茫世間，如此多的人，還不夠你成長？」

姜武學著我的模樣，也是一撇嘴，「是啊，妳可是不知，妳死的這些年，江湖上實在太過太平。」

嗯，這句話乍一聽沒什麼不對，仔細想想，他好像怎麼有點含沙射影的意思？

怎麼，我活著的時候，江湖就不太平嗎？說得好像我是擾亂天下的大毒瘤一樣。

不過……好像也是這樣……

「這些年無甚征戰，厲塵瀾當主萬戮門，興了什麼仁慈治教，嘖，一個好好的第一魔教，給他治得和仙門一樣，門徒都不那麼血性了，挑了好幾次事，也沒和十大仙門打起來。」

嗯……不得不說，這小紅毛的思想真與我有幾分相似，我復生的那段時間，也是這麼嫌棄墨青呢……

現在知道了墨青為何要那般治教的原因，我便是一點也怪不起來了。

「所以，你就琢磨著，這麼好好的一個萬戮門不能浪費了，於是打算幹掉墨青，然後自己當上萬戮門主，挑事激起世間風波，然後趁機壯大自己嗎？」

姜武倒是也不與我客氣，「聰明。」

「可那時我的實力與得了萬鈞劍的厲塵瀾相比，依舊相差甚大，我便只得想辦法借刀殺人。」他眸光微微一涼，「我雖記不得自己的來歷，可在偶然間聽過琴千弦的名字後，腦海裡卻有許多關於他的消息，知道他結界的布置方法。」

難怪從一開始他就對自己的結界術那般自信。

「甚至……」正在我琢磨著琴千弦的結界要怎麼破的時候，姜武說了一句話，「……我知道他血液的祕密。」

我一怔。

姜武顯然是不知道我與洛明軒之間的恩怨。他也無從得知。在外人眼裡，江湖傳說中的我和洛明軒不過就是一仙一魔，他當年是最厲害的仙，而我是最厲害的魔，註定是死敵。

他輕描淡寫地說著：「我知曉鑒心門柳蘇若亟欲想復活她的亡夫，於是告訴了她琴千弦血的祕密，本是打算借鑒心門的手除掉琴千弦，若能趁機復活洛明軒，使洛明軒與厲塵瀾一鬥，兩敗俱傷自是最好。若不能復活洛明軒，挑起兩個仙門的爭鬥也不錯，卻不想那寡婦，竟殺了琴千弦的弟弟琴瑜。」

原來如此……

我恍然大悟，難怪琴千弦這麼多年安然無事，琴家血液的祕密未曾被世人知道，柳家與琴家還有聯姻，而最近柳蘇若就跟瘋了一樣，不惜操控自己的侄兒柳巍來殺害琴家人。

原來，癥結竟是在此！

是姜武從中作祟！

「讓我意外的是，我沒料到厲塵瀾竟這般在意那琴芷嫣，甚至為了幫她報仇，不惜隻身前往錦州城。」姜武兩聲笑，「多虧得他，一夜之間，盡毀錦州城，仙門大亂，人世風波再起，我適時正在錦州城外，可好好地飽餐了一頓。」

我盯著姜武，面色涼了下來。

哦，所以他現在，力量才變得這麼可怕嗎？

那日錦州禦魔陣法之外的魔氣，是姜武來助，但除了助我與墨青外，其實也是助了他自己。了解這一脈事蹟後，我瞇眼看著面前這小紅毛，卻是怎麼看怎麼不爽。

這發生的一系列的事情，都有他的一隻腳摻和在裡面，而且他還從中獲利！

真是怎麼想都讓我心情不明朗。

尤其是因為他，才讓洛明軒得以多在世上醒了幾天，一想到這兒，我就更不爽了。

「小紅毛。」我喚了他一聲，「你出道的時間短，入了江湖也才幾年，得到的一切也都是靠自己摸爬滾打湊起來的，所以可能沒有前輩教過你……」話音未落，我一抬眼眸，瞬行術一閃而過，五指化為利爪，直取姜武的咽喉，將他狠狠一推，摁倒在床榻上，他眼眸裡的我，正是周身魔氣四溢的駭人模樣。

我冷聲警告：「做人不要太狂妄。」

我將利刃般的五指收緊，割破了他的喉嚨，鮮血滲出，流淌在床榻上，姜武卻笑了，「我是真喜歡妳。」他笑意放肆卻暗藏幾分殺氣，「所以連妳動真格的模樣，也覺得可愛。不過，我卻不喜歡女人在上面。」

我冷冷一笑，「不急，我這就送你下去。」我五指收攏，人的頸項在我手中便似豆腐一樣，輕輕鬆鬆便能切碎……

第七章　軟肋

在我五指收攏的一瞬間，姜武脖子上倏爾紅光一閃，又是學著琴千弦那樣弄了個護體結界，擋住了我的利爪。

他嘴角咧出了一個意味不明的笑，「那妳便隨我一起下去吧。」

言罷，他的手往床榻某個角落一碰，陡然間，床榻猛地下陷，失重感來得突然，姜武的身體在我手下一個瞬行，霎時消失。

我以法力令自己飄浮與空中。待見得四周景色，一時驚愕得忘了言語。

這關押我的床榻之下，竟是一個百丈深的巨大黑洞！

這黑洞最底不知藏了什麼東西，在忽閃忽閃地發著光，其光最盛之際，能將整個百丈深的洞穴照亮。

在光芒照亮崖壁時，卻見崖壁上刻著密密麻麻的咒文，看著這些咒文……我有股說不出的熟悉感。

小時候，姥爺告訴過我在族人還多時，每年都要舉行祭祀，祭祀上，每人便要畫此符貼於山間崖壁上。

後來族人相繼消失，只餘我與姥爺守在山旮旯裡，人少，祭祀自然也是懶得辦了。只是每年姥爺還有習慣，到祭祀那一天時，便會畫一張符，貼到崖壁上，說是以前傳下來的習俗……避邪。

我長大了懶得學畫符，認為對自己修為沒什麼作用，姥爺便也沒勉強我，可看了那麼多遍，這符我不會不認識。

原來，在我故鄉的地底之下，竟有這麼大一個地方，刻著如此多同樣的符咒，這到底是何人所為，這符咒到底又隱含什麼意義？

我皺了眉頭，「這是什麼地方？」我剛問了這一句，忽聽得旁邊有人在吼，「啊！門主！門主！」

竟然是十七的聲音。

我尋聲望去，卻是天頂之上吊著一個大鐵籠，十七被人用鐵鍊綁在裡頭，五花大綁，活生生包成了一個粽子。她在裡面掙扎，弄得鐵鍊鐵牢一陣碰撞。

在她旁邊，另一個鐵牢裡捆著的是正在打坐的琴千弦，相比十七，他身上的枷鎖就少多了。

也能想得通……琴千弦受傷虛弱，只要一個結界就能解決了，十七這神奇體質……只有用這種辦法才能對付。

她聲音大，將一旁的琴千弦吵醒了，他一睜眉眼，眸光淡淡地盯向我，即便身陷囹圄，也依舊是那副菩薩慈悲卻又淡漠的模樣。

嗯……十七去救琴千弦，卻是一起被抓了嗎……

地底光華又是一轉，這一次，光芒極亮，讓我看到了十七與琴千弦背後，還零零散散地吊著許多牢籠，大概一數，竟然不下二十來個，裡面有關著暗羅衛，也有關著千塵閣的弟子，連林子豫也在裡面……

他望著我，靜默不言。

他們每人身上皆負了傷，有的一直躺在牢籠裡，站也站不起來。

東山主、暗羅衛長，還有我這個前門主都盡數被抓，哪怕現在這些被困住的暗羅衛前不久還和我打過架，他們也依舊是萬戮門的人，也是萬戮門的臉面，他們犯了叛教之罪，要罰也該由墨青來罰，而不是被囚禁在此！我萬戮門立派以來，還從沒在哪個人手上吃這麼大的虧，小紅毛很是能幹嘛！

「姜武。」我冷聲喚他的名字，「你到底意欲何為？」

姜武在我身前顯身，斜斜飄在空中，抱著手笑，「不過是打算讓妳看看，我抓了妳多少軟肋，然後讓妳決定，妳以後對我的態度。」

我瞇起了眼，「你威脅我？」我說話的時候，十七就已經在那籠子裡罵開了。

「呸！你個騷包大紅毛！不要臉！」

姜武往我身後一瞥，盯住十七，那眼神間是一道法力蕩了過去。我半點不緊張也不擋，任由姜武那法力打在十七身上，然後接著聽十七罵：「哼！給爺爺撓癢癢呢！再來啊！不怕你！」

整個洞穴裡全是十七吵吵鬧鬧的叫囂聲，罵得剛才即便和我動手也沒黑臉的姜武沉下臉色，手一動，似是要拔劍出鞘了。

我眉目一凝，正想要十七安靜，而這時她旁邊籠子裡的琴千弦卻開了口：「十七姑娘。」他輕輕喚了一聲，竟是沒再稱十七為東山主了。

十七雖有不滿，還是乖乖止住了口，只是盯著姜武的眼神，依舊帶了十分仇視。

大概現在開籠子放她出來，她真的會用牙齒咬姜武吧……

我望回姜武，「你以為拿他們能威脅我？」

「不知道。」姜武無所謂地撇了一下嘴，「試試吧。」言罷，他一擺手，頭頂上那入口處躍下來一人，是方才他以魔氣凝成的小短毛傀儡，只見那小短毛不知在天頂上觸碰了什麼機關，牽引著牢籠的鎖鍊猛地脫落，後面一名被囚在牢籠中的暗羅衛伴隨著牢籠一同落下百丈深淵。

他沒有叫，因為暗羅衛本來就受過訓練，在任何酷刑之下，都不會面露驚恐。

正因如此，他的消失只是深淵之下的一聲沉悶的撞擊聲，還有同時在地底激起的一道極其刺目的光。

洞穴之中霎時如死般沉寂。

「王八蛋！」十七怒斥出聲。

姜武卻沒有理她，只是靜靜地看著我，像是頗覺有趣地研究著我的神色：「能威脅妳嗎？」在他眼中，殺人本來也就是那麼容易的一件事。

他在空中飄著，離我更近了一點，「路招搖，妳可知，我現在已經感受到了妳的滔天大怒？」

「那還說什麼廢話？」我眼眸一凝，直直地瞪向他，「拿命賠吧！」

言罷，我以魔氣凝了一把長劍，劍刃徑直劃過掌心，取血為祭，縛咒於刃，一劍斬向姜武，他笑著側身避過，與先前和我過招一般，像是在逗弄我。

可惜，我現在已經不是在應付他了。

劍刃殺氣與姜武擦肩而過之後，臨空折返，姜武眸光一動，嘴角的笑退了一分，拔劍出鞘，堪堪將那折回來的劍氣一擋，我絲毫不給他停歇的空隙，瞬行而上，從他後背而去，直取他項上人頭，姜武此時八面劍正與那劍氣抗衡，我自他身後殺來，他背後護體結界一閃，欲擋住我的劍刃。

我心頭冷哼，先前沒有下狠力，倒是給你臉了，真以為你這破結界，我斬不破嗎？

我一劍刺上，抵住他後背上的護體結界，一聲低喝，灌入周身法力，不帶花招，沒有巧勁，就是這般硬碰硬地迎面撞上，讓劍尖擠破他的紅光。

只聽一聲脆響。

姜武微微一轉頭，我已一劍刺入他的背心。他欲施瞬行術暫離我身邊，我立時甩了個結界，將自身方圓三丈圍著。

姜武被我的結界攔了個措手不及，瞬行還未離開我身邊三丈，便被我的結界攔住了去路。這般片刻時間，饒是他結界術再厲害，也無法瞬間解開。

我笑著道：「你以為就你會用結界嗎？」不給他說話的時間，我提劍而去，一劍斬下，他被我逼得有些狼狽的往旁邊一退，可我的劍刃還是削掉了他鬢角的長髮，連帶在他臉上畫出一條血痕。

姜武眸光一緊，「路招搖……」

我瞬行術閃過，落在姜武背後，將他脖子一抓，一劍比上他的頸項：「你入江湖年歲少，沒有前輩教你，今日我便給你補上一句俗語——仙魔兩道盡可狂，切莫招惹路招搖。」

言罷，我劍刃毫不吝惜的在姜武頸項上一割，刃口沒入皮下一分，登時姜武頸項中的鮮血不住流下。他周身法力一放，欲推開我，我死死撐住了，將劍刃更往他頸項裡砍去。

便在此時，天頂之上，鐵鍊的動靜一陣亂響，我沒有轉頭，神識卻探得竟是那上面的小短毛傀儡將所有人的鐵鍊都盡數解開，二十幾個牢籠一同往下墜落。

暗羅衛與千塵閣的人皆是靜默，無人發出一點驚恐的呼叫，只有十七的喝斥：「我變鬼也不會放過你們！」

我咬緊牙關，心中一陣掙扎，終是放了姜武，瞬行至深淵底部，恰巧落在那散發著光芒的一個巨型圓盤之上，我傾注全身法力，一聲低喝，在深淵底部以法力托起了二十來個墜落的鐵籠。

在讓他們安然落地的同時，我隻手撐天，拖住他們，另一隻手將手中魔氣凝成的劍一轉，徑直插入那發光的圓盤中。

這是我的故鄉，墨青先前被封印在此，我族人每年都要祭祀畫符，那些符咒與這裡的符咒一模一樣，這些事情連在一起想，我唯一能猜到的可能，便是此處就是千年前魔王封印墨青的地方。

這是魔王針對墨青的封印，姜武在此處布下了結界，所以他才如此篤定，墨青無法從外面破開結界。

那麼，從裡面打開呢？

我撐天的手心一轉，帶起狂風，將困住十七與琴千弦等人的玄鐵牢籠狠狠撕碎，再不管他們，我雙手執劍，狠狠將魔劍頓入這圓盤之中。

紅毛姜武瞬行而來，欲阻攔我：「妳打不開結界。」

我冷哼：「試試才知道。」

言罷，氣力震盪，圓盤上的光如同水波一樣一圈圈震盪開來，我能感覺到這結界的力量在與我抗衡，巨大的衝擊力撕扯著我的五臟六腑，劇痛使我額上不停滲出冷汗。

姜武在我旁邊意圖搗亂，而一道清音襲來，拉去了他的注意力。

「琴千弦——」便是這出口的瞬間，十七猛地撲身上前，如我所料，真是一副要咬死他的模樣。

「我打死你這個大騷包！」她拳腳並用，姜武的力量足以對十七造成壓制，可此時因為琴千弦在旁幫襯，姜武也沒占上風。這兩個完全相反的人，卻是世界上最了解彼此的人。

另一頭，天頂上的小短毛傀儡則被林子豫率領暗羅衛纏住。

我再不管其他，閉目靜氣，專心突破結界。

一層一層，一點一點，我的魔氣將這封印刺破，越是突破，便越是能感覺到來自外界的力量。

在這結界之外，有一個人，也以同樣的急切與力量，在試圖打破結界。

越是往外走，他衝撞結界的力量便越是明顯。

每一波對結界的打擊皆是傾盡全力，原來……方才那個圓盤發出的光，並不是它自己閃現的光芒，而是應對外界刺激時的反應，它每一次閃光，便是墨青在結界外的一次攻擊！

我死死抑下身體裡的疼痛，將劍狠狠壓到圓盤更深處。

一直向下，拚死相抗，終於圓盤上裂出一絲縫隙，我一聲低喝，傾注力量，圓盤如鏡面一般，登時裂出數千條裂紋！

裂紋之上光芒沖天而上，徑直破開頭頂之上的黑暗，將這山都劈開了一樣，外面的天光洩露入了這地底，我仰頭一望，正在那天空之上，有一人華服黑袍，踏空而來，最後落到了我身邊。

他滿目焦灼，壓抑著驚惶、害怕、憤怒，還有心疼。

我渾身脫力，像斷掉翅膀的蝴蝶，撲進了他的懷中。

他的手摟住了我，也支撐了我。

我可以自己救自己出去，我可以以命相博，守護自己及閘派的尊嚴，我可以獨自撐起自己的一片天空，事實上我已獨自走過了那麼多路，我沒必要讓另一個人來救我、保護我、守衛我。

可當墨青來到我的身邊時，卻讓我一陣感動。

我希望世上能有一人，會心疼我的痛，會保護我的夢，會讓我感覺無論身處何處，都不是孤身一人。

我抱住墨青，臉頰蹭在他的懷裡，我可以獨自面對整個世界的狂風驟雨，唯獨在他懷裡，我想要放心地露出軟弱的一面。

第八章　動怒

「幸好……幸好……」

我聽著墨青近乎自言自語的細聲呢喃。那麼小聲，一連不由自主地說了三聲，才停了下來。

對於性格如此悶且慣於壓抑隱忍的墨青來說，已是那般地不自禁。

他的手抱住我的腰，讓我的胸膛緊緊貼在他身上，用力得讓我能透過彼此的身體感受到他的心跳，他藏住了表情，卻沒有藏住心跳。

墨青的懷抱一如往常地溫暖，我亦是心疼地緊緊回抱住他。又讓你擔心了，又讓你心疼了，我怎麼總是那麼輕易地嚇到你……

「沒事了墨青……」我道，「我沒事了。」我拍著他的後背，身體其實暗暗藏著方才撕開封印的疼痛。他將我抱得越緊，我越是疼痛。

可無論如何也要忍住，因為我捨不得放手。

好不容易破開重重關卡，歷經那麼多疼痛和辛苦，才終於見得他一面，怎麼捨得放手？人家俗世小情侶談個戀愛，那叫恩恩愛愛，怎麼落到我和墨青頭上，就成生生死死的事了呢？

我是天生體質就這樣嗎？

然而這個念頭還沒在腦海裡閃完，天上攔住那小短毛姜武的林子豫被猛地擊落，身體自空中垂直砸在了圓盤之外的泥土石地裡，巨大衝擊力讓地面掀起一陣塵埃。

可惡，就不能讓我和墨青好好抱一會兒嗎！

鬧騰！

我心頭湧上一股怒氣，然而正當我打算推開墨青時，腰間卻是被他手臂不由分說地一攬。

從未被他這般強硬地制住動作，我有點愣神。

「墨青？」我抬頭望他，見他眉間盡是森冷殺氣，他盯著那方被十七纏住的紅毛姜武，聽聞我的聲音，側眸望了我一眼，手卻依舊沒有放開，「待在我身邊。」

墨青很生氣……

連我都從未見過的怒火沖天。

他將我護在身後，另一手握著萬鈞劍，每上前一步，地面便是一陣劇烈震動。

不置一詞，沒有任何多餘的動作，墨青抬劍一揮，劈砍出去的劍氣如一場海嘯，半分沒有顧及那方還在與姜武搏鬥的十七，摧枯拉朽地掃平了一切姜武周身的氣焰。

十七在劍氣襲來之前，本能地察覺危險，一拳都出到一半了，臨空收回來，一轉身趴在地上，避過劍氣最厲的地方，然而即便是被劍氣的側風掃到，即便對法力近乎免疫的十七，也匍匐在地，緊皺眉頭。

姜武卻以八面劍硬生生地擋住了這記劍氣。

八面劍在姜武手中紅光大作，他黑色的眼眸中迸發出駭人紅光，額上青筋凸起，一聲厲喝，終於盡全力將墨青這記劍氣一斬為二。

被斬開的兩道劍氣分別砍向他身後的崖壁。只聽「轟隆」一聲，劍氣沒入崖壁兩丈有餘，巨大衝擊帶來的地底震動，宛似一場地牛翻身，令我都有些站不穩腳。便在此時，我周身光華一閃，是墨青替我布了個護體……光罩？並非結界，而是單純以他的力量布下的保護屏障。

只要他不死，屏障便不會破……

墨青這次是……真的被嚇壞了嗎……

劍氣給這地底造成的震顫致使天頂之上山石掉落，整個洞穴崖壁中發出轟鳴聲響，旁邊的林子豫勉強撐起身子站穩，對天上還在與小短毛纏鬥的暗羅衛喚道：「此處要塌了，趕快出去！」

十七那方從掉落的石塊裡灰頭土臉地爬出來，她不會瞬行術，飛得也不快，我正打算去幫她，卻見有人身影一閃，是琴千弦提了十七要走。

姜武作勢要攔，意圖將十七提來做威脅，墨青又是一道劍氣斬了過去。

這記劍氣豎行而去，如牆一般隔開了姜武與琴千弦。

琴千弦提了十七的後領，帶著她一個瞬行飛上了天，而十七卻只在空中喊著：「啊啊！把門主也帶上！」

這種時候還不忘瞎操心。

我透過身前的保護屏障往外望去，所有碎石在即將落到我身邊時，都被這屏障外的力量擊碎。墨青站在我面前，沒有回頭，而他的背脊，便足以給我他人所無法給予的安全感。

他沒叫我離開，我也不想離開。

「呵。」被逼至牆角的姜武一聲冷笑，「不愧是我的前輩，其力量果然不可小覷。」

前輩？

我被這個詞吸引了注意力。

「誰許你廢話？」墨青冷聲一問，四周空氣陡然增重，萬鈞劍力擠碎了姜武身邊的石頭與他手中的八面劍。

姜武面色有幾分難看，仍是勉強撐住了身子。

「你做傀儡逃了兩次，這一次，你且逃與我看。」言罷，空氣中陡然傳來一聲悶響，我是感覺不到，可那無形的力量令姜武猛地吐出一口鮮血。

我在墨青身後，借著天上天光，晃眼間見得墨青那鮫紗的袍子上隱約有些濕潤的印記，正待細細觀看，旁邊小短毛姜武猛地一躍而下，落於我的身旁，舉刀便來砍墨青立在我身側的屏障。墨青頭也沒回，只一抬手，憑空將小短毛一抓。

這小短毛傀儡被被無形的力量牽引至墨青手中，他手上一用力，絲毫不留情地將那傀儡脖子擰斷，並擲屍身於地上，抬腳踏過。

天地顫動間，那不知死活的姜武竟還在笑，「路招搖啊路招搖，未曾想，妳在厲塵瀾心中如此重要，不過是將妳拐來一趟，竟令他這般動怒。」

「你想不到的事多著呢。」我涼涼道，「閉上嘴，老老實實地死就好。」

「偏不。」他道，「我還有個祕密未告訴妳……」他話音未落，周遭力量大漲，山石盡碎，紅毛姜武的身體霎時被擠成了一團肉醬。

在那之中，卻飄出一道紅色氣體，倏爾穿至我的身前，只聽姜武的聲音在我耳畔迴響：「你喜歡的眼前人，與我，可是同類啊。」

話音一落，我領悟過來他的意思，瞳孔猛地一緊，可便在我還想問下一句話的同時，姜武那紅色的氣息霎時從墨青的後背竄入他的身體。

「墨青！」我一聲驚呼，墨青回頭看我。

「怎麼了？」

我怔怔地望著他，他神色如常，姜武的血肉靜靜地攤在碎石地上，被天上不停掉下的山石掩埋。

墨青竟像是全然未聽見剛才姜武在我耳邊說的那句話一樣。

他沒聽見姜武說他與他是同類人，也沒聽見姜武像是在詛咒一樣告訴我，他說：「我得不到妳，也絕不讓別人得到妳。這次妳知道什麼叫心魔了嗎？」

第九章　同類

姜武死的時候，那團紅色氣體好似只有我看見了，我看著它鑽入了墨青的身體，而墨青一無所覺。

他神色如常地帶著我出了逐漸坍塌的地底。落到地面上，他先喚來林子豫，安排他回萬戮門讓人來接傷患，而後與琴千弦談了兩句，說的不外乎是處理剩下姜武手下的事。

先前收拾姜武時，讓這地底的小嘍囉跑了不少，萬戮門而今剛逢大劫，希望千塵閣能同仇敵愾，共除姜武餘孽。

琴千弦自是沒有推辭，然則他望著墨青，卻有幾分欲言又止。

看著墨青微微濕潤的後背，我知道這是他先前一直未曾完全癒合的傷滲出的血，可現在比起他的傷，我更憂心姜武……

最後他那句話，到底是什麼意思？

「墨青。」我喚了他一聲，琴千弦在那方清淡瞥了我一眼，便自行去探看他門徒的傷，「你身體可有不適？」

「我沒事。」他以為我在問他的傷，答了我的話，他一雙漆黑的眼眸專注地盯著我，看了許久，卻似看出了幾分怒氣似的，「妳也太胡來了！怎能隻身一人帶著芷嫣來此地？」

哎呀……危機解決，開始秋後算帳了……

我摸摸鼻子，墨青到底是不同往日了，以前我做事，哪怕是做錯了，又有誰敢說我一句「胡來」？

袁桀向來是有命必行，唯命是從；十七就更不用說了，我說要上天摘星星，她搭梯子爬得比我還快，哪敢說我錯；即便是司馬容，也只有看著我一聲接一聲地嘆氣，斷然不敢這般責我。

不過墨青這般斥我，我卻與他橫不起來，只得撇嘴道：「我本以為就是來喚三聲魂而已，還想回去給你個驚喜呢……哪能想到扯了一攤子事出來。」

墨青沉著臉，還待訓我，我一轉眼珠，捂著心口道：「哎呀！剛才好像用力太過了，心口有點痛……」我一邊說著一邊偷瞥他，墨青明顯看出我在裝了，他自神色糾結了一瞬，最後還是一咬牙，拉了我的手過去，幫我探著脈。

「怎麼個痛法？」

即便知道我在裝，我在演，他也配合，不忍再苛責我。只有自己悶下這口心頭火，寧傷自己九成，也不願動我一分。

我就喜歡墨青在我面前睜眼吃悶虧的小無奈模樣。

我反手拽了他把我脈的手，「剛才有點痛，你一碰我我就好了。這一趟雖然來得坎坷，出了點意外，不過好歹也算是完全把身體找回來了！」我挑了墨青的下巴，「回頭……」

我這話話音還沒落，旁邊地裡灰頭土臉爬出來一個十七，她拍了拍臉上的灰，一仰頭看見了我，登時眸光一亮，也沒管我在做什麼，一聲大喊：「門主！」就向我飛撲而來。

我只來得及側眸看她一眼，一句阻止都沒說出口，她便猛地撞在了墨青的法力屏障之上，咚一聲被彈了回去，摔在地上，捂著屁股愣愣地看我。

「這是什麼結界？」

啊……這屏障還沒消失嗎……

我從裡面觸碰我面前的屏障，只覺它觸手溫軟，像是數層溫暖的羊毛一樣。能將幾乎對法力免疫的十七彈開，可見這屏障的力量強大，大到能在一瞬間給予十七身體都消化不了的傷害。

墨青轉頭，神色冷淡地瞥了十七一眼，「妳也該學著沉沉性子了。」

十七拍拍屁股站起來開口與墨青理論：「我就想抱抱門主怎麼了？她又不是你的！」

「她是。」

墨青這兩個字說得令我心神一顫。素來不太喜歡別人用這麼強硬態度表示占有欲的我，竟覺得……墨青說這話的模樣，相當帥氣。

十七被他一噎，急眼了：「才不是！門主是我的！」

墨青不再搭理她，將我腰一攬，絲毫不講道理地拈了個瞬行術。

「啊！」十七見狀，掄了拳頭便要來攔。

我看著這兩人爭我，覺得有趣，就只趴在墨青胸口看戲，誰也不管。

一旁的暗羅衛也都好奇地往這邊打量，我知道他們在瞅什麼，他們一是在看我，這一輩的暗羅衛幾乎是被林子豫帶出來的，聽的都是林子豫的話，從未見過我，所以對我好奇。二是……他們大概沒想到常常冷著一張臉不說話的門主，竟然也會像小孩一樣和人爭東西吧。

至於其三……

我覺得他們是想看看膽敢這麼招惹厲塵瀾的東山主，會怎麼死。

十七一拳照墨青臉上掄去，墨青頭往後一撤，抬手，曲了食指，輕輕在十七額頭上一彈，登時氣浪排開，十七直接腦袋一仰，整個人飛了出去。

在她即將撞上身後大石之際，琴千弦身形一動，拉了十七在空中一轉，卸了那股勁力，才讓十七站穩了腳步。

我一挑眉梢，琴千弦好像很愛護十七嘛，是覺得她蠢得可憐嗎？

墨青卻沒心思管他們，拽了我，再次拈了瞬行術。

十七捂著紅腫的額頭，咬牙切齒地道：「你們這些會法術的混蛋……活菩薩，你幫我！」她轉身拽了琴千弦讓他幫忙。

然而出於禮節，琴千弦似要避開她的觸碰，可十七卻不由分說地抓了他的手臂，「你帶我瞬行回萬戮門。」

琴千弦神色無奈。

墨青瞬行術一過，我徑直被帶回了萬戮門。

在離開前的最後一眼，我望見了身邊那空無又巨大的黑洞，在萬丈深淵裡，黑暗如同一個巨大魔物的嘴，吞噬了外界一切。我心頭陡升一股不安，姜武的聲音彷彿又在我耳邊迴盪。

那句他與墨青是同類，他得不到的，墨青也別想得到的話，就像一句詛咒，在我腦海裡不停重複。

墨青並未將我帶回無惡殿，而是先帶我去了顧晗光的院子。

適時正是大中午，小小的顧晗光在院子裡曬藥，身高不夠的他正踩在一把凳子上往高處擺放藥材，墨青帶這我忽然出現。顧晗光一轉頭，盯住了我，然後就再也沒挪開眼。

直愣愣的，似看傻了一樣。可也因著他現在真是個孩子，於是這份傻愣是透出了幾分可愛來。

我一笑，「小矮子，曬藥啊？」

「妳……妳……」他一手指著我，往前走了一步，毫無防備地從凳子上摔了下來，架子上曬的藥也亂七八糟倒了一地，灑了他一身都是。

「南山主？」侍女聽得動靜，從院外進來，得見我與墨青，也都是一副怔愣極了的模樣。

「路路路……」

竟全都是一副白日見鬼了的模樣……

怎麼的，前幾天塵稷山打成那副德行，他們這山頭的人竟然沒人知道嗎？

不過……我一琢磨，倒還真有可能，南山主山頭隔得遠，顧晗光除了治人，從來不幹別的事，哪怕無惡殿燒起來了，沒人讓他去治人，他也不會踏出院子一步。

本來當年我和他的約定也是這樣，只管治病，別的都不用管。他著實是這四個山主裡，最堅守本分的一人。

他常常一、兩個月都不出院子，就算知道外面情況不對，可沒招惹到他院裡來，他一概不過問，而反叛的人自然也不會傻得來招惹他。

「起來。」墨青喚了他一聲，「給她看看。」

顧晗光沒有動，終是瞪著眼問我：「路招搖妳不是死了嗎？不是還給我託過夢嗎？」他一轉頭，望向墨青，「厲塵瀾你是找到起死回生術了，還是讓司馬容給你整了個假的？」

我上前兩步，掐著顧晗光的臉狠狠捏了捏，以前當鬼的時候收拾不了他，現在可是隨便給我捏圓搓扁了。

「小瞧人，我自己從地府裡爬回來的好嗎！別傻愣著了，你給我過來。」我掐著他的臉，把他提了起來，讓他走到墨青身邊，「你先幫他看看。」

「我沒事。」

「他說你沒事你才沒事。」

「不……」

我瞪了墨青一眼，「坐好，讓他看。」

墨青還是乖乖地坐下了，伸出手，讓顧晗光把了脈。

顧晗光一開始還一邊把脈一邊看我，等審了一審後，他眉頭倏爾一蹙，也沒管我是人是鬼了，沉聲道：「近來塵稷山鬧得厲害，你都幹什麼了？」

我心頭一緊，「可有何不對？」

「脈象極亂，體內氣息不穩，有走火入魔之相……可卻奇怪。」顧晗光道，「觀你面色，並無異常，似乎身體……還很能適應。」

墨青收回了手，「不過先前使萬鈞劍過度罷了，無甚大礙。」他轉頭看我，

「我是帶妳……」

「她不用看。」顧晗光頭也沒抬道，「活蹦亂跳，剛才掐我那一爪子便探出來了，除了有三分陰虛，身體好得很，吃點丹藥，補兩天就好。」他盯著墨青，「你把衣服褪了，我看看你背上的傷。」

顧晗光都這般說了，墨青便也沒再多言。

他將衣服褪了，我頂著顧晗光的目光，一同與他看了看墨青的背，這一看，我與顧晗光卻都有些愣了。

先前六合劍在墨青後背上給他造成的傷一直未癒合，方才在那地底之下，他身上的鮫紗黑袍還染了他的血，現在白色的裡衣上一片暗紅，便是先前他後背滲出的血液。但奇怪的是……

現在墨青後背上一片光滑，沒有絲毫傷痕，連塊疤也沒有！

只是在他肩甲骨的地方有三個紅色的小圓點，微微凸起，我心覺奇怪，伸手觸碰，可手還沒有落下，那小圓點便一個接一個，慢慢隱入了墨青身體當中。

凸起消失，紅色印記也隨之不見。

那是……什麼？

我與顧晗光對視一眼，顧晗光神色有幾分凝重，

墨青微微側了頭，「怎麼了？」

「你的傷好了。」顧晗光道，「好得……萬分蹊蹺。」

第十章　入魔

墨青的傷復原得蹊蹺，然而他的身體並沒有出任何毛病，每天打理著萬戮門的事，不見任何異常……

我是這樣感覺的，雖然偶爾有聽見下面的人私下抱怨，厲塵瀾的脾氣好像變壞了。可對著我，我卻鮮少察覺出他脾氣的好壞，因為無論我說什麼，他都說好。

即使再忙，我押著顧晗光來給他把脈，他也會乖乖伸手，讓顧晗光看。

只怪這南山主天下第一神醫的名號好像並不管什麼用了，一連探了三天，連帶著晚上在屋裡悄悄翻了好多醫書，也不知道墨青的身體是怎麼好起來的。

墨青也並無任何不適。

他照常生活，因門主的事宜忙得不可開交，可只要有一點空閒，便會悄悄出現在我身邊。

我教芷嫣在山石尖上舞劍時，他便倚在樹下靜靜地看我。等我一回頭才會發現他的存在，他也只是看著我淺淺微笑，眸光細碎一如晨曦最美的光。

我和十七去逛集市時，為了補償之前在鬼市吃過的沒錢的虧，我報復似地亂買了一大堆東西，但凡看上眼的，有人要了，也以三倍的價格買過來，鬧得力氣大的十七，即便提得了東西，手裡也抱不下了。而墨青有時便會不經意出現在我身邊，輕巧地接過我手上的東西，一隻手拿著，另一隻手便自然而然地牽了我的手，陪我一起走。

十七在後面罵罵咧咧，他也不理，嘴角的笑比天邊彩虹的弧度更美。

而我找司馬容研究機關術時，司馬容消息多，愛與我閒聊，他便坐在一旁，一邊陪我擺弄那些木頭，一邊再輕描淡寫地補上幾句。一本正經地說些江湖上的逸聞趣事，因著是從墨青嘴裡聽到的那些瑣碎雜事，這事兒便比他講的事情本身，要搞笑三分。

我望著他笑，他整張臉的神色，比春日的風更溫柔。

最主要的是，每日夜裡，靜謐的無惡殿中，在那本是我的寢殿，後來變成他寢殿的那張床榻之上，他細細在我耳邊呢喃過我的名字，深深品嘗過我身體的每一寸肌膚，那感觸刺激我每一根神經。

每夜每夜，讓我沉溺不知世事何處，不管人間幾何。

在我做萬戮門主，橫行霸道人世間的那麼長久的年歲裡，竟沒有哪種舒坦能與此時此刻與墨青相處時這般讓我迷醉。

這日子便美好得像一場夢。

直到有一天，顧晗光一臉疲憊地來找我，他說：「我知道厲塵瀾怎麼了。」

我心頭咯噔一聲，忽然之間，竟然有點不想面對這件事。

然而在顧晗光將事情告訴我前，林子豫倏爾找來，他一臉焦灼，沉沉在我面前跪下：「屬下知罪，可暗羅衛弟兄皆是聽由屬下命令列事，罪不至他們，還望先門主及闇主求情，放過暗羅衛兄弟，留得他們，日後還可為萬戮門拚殺。」

聽聞此言，我有些愣神。

上次與姜武一戰之後，不少受傷的暗羅衛被送回了萬戮門，接受治療之後，皆被罰去與林子豫一同做山下苦窯的奴役，刑滿三年，再繼續為萬戮門辦事。

我本以為墨青做了這個處罰後，這件事便算是停歇了，可現在已經過了十天半個月，林子豫帶著一身血來與我求情，我實在不太明白。

「不是讓你們在苦窯做事嗎？這點處罰都不願受了？」比起以前我收拾背叛萬戮門人的做法，墨青這都算輕的了……

林子豫抬頭望我，淡淡地稟告：「門主……欲將所有在苦窯服刑的前暗羅衛，盡數……凌遲。」

我一怔，「你說什麼？」

「先門主，子豫自知害萬戮門逢此大難，其罪當誅，只是暗羅衛……」

「墨青在哪裡？」我起身，打斷了他的話。

「山門之前。」掐了個瞬行術，我便行至山門之前，顧晗光尾隨我而至。

但見那山門牌坊之上，不知什麼時候竟然釘上了數根長長的木樁，數名暗羅衛被穿胸而過，掛於木樁之上。到底是年紀大了，久未見過這樣的場面，我狠狠愣了一瞬。

只見墨青負手立於牌坊之下，仰頭望著那被掛起來的幾人，涼涼下令：「嘴碎，先割了舌頭。」

此令一出，站在牌坊上的萬戮門徒便拿了刀，彎腰下去，掰開那已經半死不活的暗羅衛的嘴，正要動手，我喝了一句：「住手。」

牌坊上的人望了墨青一眼，墨青點了頭，這才回頭望我，眸中冷色回暖了幾分：「你怎麼來了？」

我看了一眼那牌坊上的人，沒有廢話，直言道：「不是已經罰他們在苦窯服刑了嗎？」

墨青眸色微涼，「誰在你面前多嘴？」

林子豫瞬行而來，「撲通」一聲跪了下去，「子豫知罪，願以命相抵！望門主……」

「你忠於招搖，服刑三年之後，留你還有別的用處。」墨青握了我的手，「我罰他們，是因為他們犯了妄議之罪，割舌以儆效尤。」

「他們議了什麼？」墨青不言，我便接著問，「議了我嗎？」

林子豫磕頭認錯，「議了先門主些許江湖傳言的過往，屬下治下不嚴，是屬下的過錯，門主責罰屬下便是。」

啊……我大概能想到了，關於我的江湖傳言，定是少不了一些亂七八糟的男女關係，連我與顧晗光在江湖人的嘴裡都能傳出一套故事了，更別說這次他們見了姜武和墨青對我的態度，那些私底下的遐想了。

墨青生氣是難免的，只是這處置的手段，卻超過我的想像了。

在這牌坊上釘了釘子……當初雖然我不在，可他推了掛屍柱，便不是為了杜絕這樣的刑罰嗎？為何這次卻如此暴戾？

我沒為那些暗羅衛求情，我一早便說了，他們背叛的是墨青，要怎麼處罰他們是墨青的事。

我只反手將墨青的手握住，我問他：「墨青，你為何在這牌坊處做這般事？」

墨青一怔，神色亂了一瞬。

「太過了。」顧晗光終是在我身後開了口，「厲塵瀾，這五年來，你可從未行過這般事。嘴碎生氣，大不了殺了，這般手段，不像是你。」

墨青眸光一閃，回頭一望，他閉上了眼，腦中似乎有些混亂。

「這些日子我便是居於南山，也聽到了不少傳聞，近來你暴戾許多。你且隨我來，我與你說你那好得蹊蹺的傷，到底怎麼回事。」

我拉著墨青隨顧晗光離開，臨走之際回頭給了林子豫一個眼神，林子豫叩首謝我。

其實也不用謝我，我不是在幫他，我只是在幫變得有些怪異的墨青罷了。

隨著顧晗光回了南山頭，顧晗光拿了面鏡子出來，遂在鏡子面前放了一碗水，他讓墨青坐在鏡子面前，複而問他：「鏡子裡這碗水是什麼？」

墨青眉頭一蹙，「血。」

我往鏡子裡看了一眼，白水依舊是白水，並無任何血色，為何墨青看到的……

我望著顧晗光，問道：「這是鑒心門的鏡子？」

「託沈千錦借來的。」顧晗光點點頭。

我沒言語，這時候也不是打聽他與沈千錦關係的時候。

鑒心門之所以為鑒心門，還在門派劍柄上掛一面鏡子，便是他們的開山祖師有一面銅鏡，鏡裡能照出這人的心相，心若澄澈，則見鏡中物為物，心生魔相則見鏡中物為邪。

我看鏡中水是水而墨青觀鏡中水為血，則意味著，他心生魔相了。可還是如之前那樣，墨青並未有任何走火入魔的徵兆，他只是比以前更暴戾殘忍了些。

他的手段開始……逐漸變得與姜武有幾分相似了。

製造出令人恐懼的氣氛，修魔道者，其實常常面臨殺戮，可那般凌虐而不令人死的手段，卻是在刻意製造人心驚恐與害怕。

我心頭收緊，姜武的消失，與他最後留下的話，終究成了束縛住我與墨青的詛咒。

「厲塵瀾，你不是人吧？」

顧晗光終是說出了我猜測的那個事，「你不是魔王遺子吧。或許……你更像是被魔王遺棄的某個部分。」

他是……魔王遺棄的心魔。

其實不用顧晗光點出，我也能大致猜到。能令萬鈞劍認主，他的血脈之中，必定有與千年前的那魔王相關的東西。

那巨大石洞裡的封印，哪像是在封印自己的兒子，他是在封印自己心底的怪獸。那滿崖壁的符咒，我族人每年在山崖上的祭祀……

我族人的存在，根本不是如同洛明軒所說的那樣，是為了守護魔王遺子。魔王給我先祖的任務，分明更像是在鎮守魔王封印。

我其實，細細一想，便能想得通。只是我看著墨青，好不容易能牽著他的手，時刻躺在他的懷裡溫暖繾綣，所以我不願意面對這又起的風波。

我只是想和他牽著手，安安靜靜、無甚波瀾地過完餘生。

可是這什麼玩意的仙人遺孀，這命能叫上天照拂？我真是想掀了上天。

能不能讓人好好談戀愛了？

第十一章　相隨

顧晗光與墨青說罷他的猜測，墨青靜默許久，沒有言語，最後也只是安靜地出了門去。

他對自己的身世沒有任何表態，像是根本不在意一樣，繼續打理著萬戮門，也如往常一般對我好，只是晚上兩人於床榻糾纏之時，我能感受到他一日比一日更激烈甚至粗魯的動作，有時甚至會用力到讓我疼痛。

可相比於以前種種，這種因墨青而起的疼痛又算得了什麼。

他一遍一遍地占有我，而終有一次，在那抵死纏綿之中，他緊緊地抱住我，埋首於我頸項之間，嘶啞著聲音問我：「招搖，妳會怕我嗎？」

我摟住他的後背，在他的動作中，化指為利刃，劃破了他後背的皮膚，我聲音有些破碎與沙啞，我問他：「墨青，我現在若要殺你，你怕我嗎？」

他親吻我的耳垂，「這條命，早便送予妳了。」

利刃消失，我輕撫他破開的皮膚，「我又何嘗不是。」

我這條命，本就是為你而復生的。

他咬住我的耳朵，用力讓我有些疼痛，而這幾分疼痛便似一道電光，從耳朵鑽遍整個身體，讓我裡裡外外，從腳尖到發端，皆是酥麻一片。

我纏住他，這一夜近乎最後的瘋狂。

瘋狂的我和他都想將彼此吃掉，徹底融進自己的身體裡，不得他人覬覦，不被外界所害，永永遠遠地屬於彼此。

狂歡罷了，墨青沉沉地睡了過去。

玩得太過荒唐，讓我身體如同散架般沒有力氣。

我睜著眼，看著漆黑的虛空看了一會兒，一身的黏膩與疲憊。可我還有事要做，我推了墨青的手，想要下床，本以為已經沉睡了的他卻一動手，徑直將我攬進了他懷裡。

他蹭了蹭我的額頭，沒有醒，只是下意識地將屬於自己的東西抱住了，即便在夢裡，也不許我遠離。

聽著他胸口心跳，靜靜閉上眼，感受了片刻溫存，終究還是下了床榻，走到院子，掐了個淨身訣，再拈了個瞬行術，行至鬼市。

陰森氣息仍在，只是我現在已經復生，全然看不見這裡的鬼魂了，只能憑著四周樹木的模樣找到鬼市酒樓所在。

我喚了一聲：「竹季，我知道你們做鬼的看得見我。竹季不在，其他鬼就幫我去託個話，讓他吃一顆託夢丹，入我夢來，我有事要與曹明風說，讓他幫我帶信。」

說罷這話，我轉身離開，又回了無惡殿。剛打算入寢殿，便見墨青披著他的黑袍，赤足站在殿門口，正在靜靜地等我。

我神色平靜，問他：「怎麼不睡了？」

他卻並沒回答我的問題，只是反問：「妳去哪兒了？」

「出去看看月亮。」

天上明月朗朗，墨青仰頭望了月色一眼，上前牽住我的手，一個瞬行，將我帶到了無惡殿的房頂上。

「與我一起看吧。」他道，目光卻一直盯著我。

我指了指天上，「你不看月亮嗎？」

「我正在看。」

我心頭一暖，「嘴這麼甜，我嘗嘗。」我垂頭，含住了他的唇瓣。

唇舌交纏之際，正是甜味正濃，他卻倏爾道：「有多少次，我都以為從今往後，我的黑夜，再無月色。」

我心疼他，吻著他的唇，不再讓他多想。

一夜在房頂上看月亮，我看著看著便在他懷裡睡了過去。

竹季動作倒快，我才沉入夢鄉，便覺自己走入了那幽深山洞裡，這地方我識得，以前給顧晗光與琴千弦託夢時，便也來的是這種地方，只是這一次換了方向來而已。

轉過一個漆黑的彎，面前是一張石桌，竹季穿著一身青布袍子，坐在石桌旁邊倒茶細品，倒不愧是個做老闆的，入個夢都要有品味一些。

「入夢丹時間不多，我開門見山……」我剛開口了一句，竹季便打斷了我。

「哎，不急嘛，我又不像妳以前那麼窮，入夢丹只能買一個時辰就沒了，我不在乎這一時半刻的，先坐下來喝喝茶，慢慢聊。」

我瞥了他一眼，並沒有喝茶的閒心，只在他旁邊的椅子上坐了，直言道：「我想讓你幫我去問曹明風一件事。他們天上的這些仙，可是有辦法將修道者身體中的暴戾之氣驅除？」

竹季瞥了我一眼，「心魔？」

「對……可不能殺了這心魔，只是讓他沒那麼暴戾，驅逐他身體裡的……」

「厲塵瀾？」

我一愣，「你知道？」

「我自己的心魔，我當然知道。」

我呆住了，有點不相信自己的耳朵，「你、你說什麼？」

他將茶杯往我面前推了推，「現在可是有閒心慢慢與我喝茶細說了？」

我不敢置信地盯著他，只見面前這個笑意溫和的男人，連給我倒杯茶也嘀嘀咕咕地自言自語了半天，這一整個話痨……他居然說墨青是他的心魔？

這話若不是在唬人，那他……不就是千年前的魔王，那個死了那麼多年、封印了墨青、困住我一族人的……魔王？

魔王居然是這種風格？

扯呢！每次只要牽連到和鬼市有關的，果然都難以理解！

而且，憑什麼他這個千年前的魔王，在鬼市待了千年還做上了老闆，我這個千年後險些當上魔王的，卻過得這般狼狽？蒼天不公吧！

「我就是知道厲塵瀾逃出封印跑到這塵稷山來了，才在塵稷山腳下開了個酒樓，為了方便時刻觀察他。」

「你等等。」我喚住他，「從頭說。你怎麼就是魔王了？」

竹季一挑眉，「我怎麼就不能是魔王了？我就是用我這充滿魅力的性格才爬上魔王之位的好嗎？那時下屬都敬愛我，對手都崇拜我，我魔王當得很威風的！」

「……」

千年前的魔修，都是這種風格？

「只是……」竹季輕輕一嘆，「我一個不小心，因猜忌下屬而起了心魔，等我察覺到時，心魔已經開始左右我每一個判斷，於是我果斷地將心魔排出了體內。可他力量太大了，我怕放他出去以後收拾不了他，於是在那山中布了個封印，將他關起來，意圖借天地山河之力，日復一日化掉他身體裡那股邪煞偏執之氣，從而讓他徹底消弭於世間。」

因猜忌而起的心魔……

「我令下屬鎮守封印，年年給封印加持力量，也放了窺心鏡在他身上，時刻窺視著他。」

原來……窺心鏡是用來這麼做的……

「在我安排完心魔的事情後，我力量虛弱，被仙門趁虛而入殺掉了，我在鬼市摸爬滾打好些年，終於……」

「我不想聽你的故事。」我打斷了他的話，「厲塵瀾被你封印之後，過了千年，可他從封印中出來時，並不是現在這樣……」我頓了頓，「他並無任何心魔的模樣。」

與姜武比起來，當年的小醜八怪簡直就一個聖人。這麼多年以來，還堅持仁慈治理萬戮門，他身上沒有一點點心魔的模樣，要不是姜武……

我微微一咬牙。

竹季點點頭道：「是啊，這結果也是我沒想到的。他在封印裡待了那些年，身體中的邪煞魔氣被吸入了天地山河中，致使那片土地寸草不生，樹木枯萎，他卻變得如一個正常人一樣，正常得讓我妻子也沒有下得了狠手殺他。」

「你的妻子？」

「嗯。為了防止厲塵瀾從封印中跑掉，我令下屬鎮守封印，也令妻子一直守著他，即便我死了，也不能讓厲塵瀾從封印中出來，他會吸食人世的情緒，就如同在我心裡吞噬我的情緒那樣。

「這般心魔若是成長，可就一個人都活不了。我是魔王，可也沒壞到那種地步。沒想到後來，我妻子見了他也沒捨得殺他，倒是為了護他，也被仙修仙者殺掉了。」

他說的，是那次我救墨青時，死在他懷裡的那個「母親」吧……

竹季一撇嘴，「我妻子死了後，來鬼市見了我，還罵我呢。活著的時候沒讓她生個孩子，死了留個那麼像孩子的心魔下來，讓她捨不得動手……」

我揉了揉眉頭，「拜託你說重點就好，我不想聽太多你和你妻子的事。」

「妳想聽什麼重點？」

「厲塵瀾那時身上沒有暴戾之氣，甚至也沒有吸食人世間的痛苦恐懼，他好像沒有那個能力，最近他卻……像是覺醒了。」

「我知道，我派出去的鬼回報給我聽了。那個叫姜武的心魔，將厲塵瀾千年來被天地山河剝奪掉的能力，還給他了。」

我一怔，「什麼意思？姜武……用自己最後的力量，喚醒了厲塵瀾？」

「可以這樣說吧！」竹季摸了摸下巴，「我也在愁呢，這心魔出世，妳若要讓我去告訴曹明風，他們這些做了仙的人，一天沒什麼事幹，唯獨看不慣這種危害蒼生的。妳的事我以前聽過，我們都幹了差不多的事，卻是在天理範圍之內的，沒人管，厲塵瀾這不一樣。我光是封印了他，在鬼市的評判體系裡，便將我判做了大功德之人。」

我拳頭一緊，難怪……

竹季接著道：「現在是還沒讓天上那些人知道，要是知道了……」

我肅起了面容，「沒有方法讓他變回以前的樣子嗎？」

「重塑我的封印，再把他弄進去封住，至於多長時間才能讓他變得和以前一樣，只能看運氣了。」

封個千把年？

那等他醒來，我又在哪裡？

「別的法子呢？」

「告訴曹明風，讓他們天上的仙下來殺了他？」

我靜默不言。

「時間差不多了，收收茶具我該走了。」竹季一邊端茶杯一邊道，「我知道厲塵瀾喜歡妳，妳要是願意，便勸勸他吧！讓他自己把那個封印重新修補修補，自己躺進去得了，省得為害世間，讓他人受苦。」

說得容易……

你的存在便是對人世的危害，你把棺材補補，自己躺進去吧，別出來了——這樣的話，要我如何才能與墨青說？

光是想一想我就能知道，他受傷的目光，有多麼讓人心疼。

一覺醒來。

我還躺在墨青的懷裡。房梁之上，天色已經泛了亮光，我氣息一動，墨青便輕聲在我耳邊道：「招搖，日出了。」

那麼平淡的一句話，卻在這種時候讓我聽到，不知為何，總有幾分控制不住的難過。

日出了，墨青，我想和你看過以後歲月裡的每一個日出，可……

我們可以嗎？

墨青身形微微一僵，我抬頭看他，「怎麼了？」

他淺笑一下，輕聲回我：「手麻了。」他聲色那麼溫柔，溫柔得讓我迷戀，也讓我心頭陡升一股狠勁。

心魔就心魔，不他娘的管，我就要和墨青在一起，不去那什麼封印，也不管那什麼天神，仙敢動我的墨青，我就殺仙，佛敢動，就殺佛。我要這天下，誰也不能阻攔我與他在一起。

大不了，將這天捅個窟窿，讓天下有情人陪我們一起死，有什麼好怕的！

如此發狠地一想，我心裡好受了許多。

墨青的手輕輕摸了摸我的頭，我轉頭看他，他目光望著遠遠初生的朝陽，似含淺笑，也藏住了所有心底的心思。

天色大亮後，墨青便能開始忙碌他的事了。

我也回了房間，十七來找我，進門便如以前一樣熱情地撲過來抱住我，只是這次我心裡一直在琢磨這墨青的事，一個沒站穩，腰撞在了身後的桌子上，只聽後背「咚」地一聲，有東西掉在了地上，我垂頭一看，愣了。

窺心鏡……竟然從我身後掉了下來。

先前對付了姜武後，我害怕墨青看見我心裡對他身世的猜測，便一直佯裝忘了將窺心鏡戴在身上，即便我知道，墨青花了很大功夫才把這鏡子找回來。

至少在昨天，我身上都是沒有這面窺心鏡的，墨青是什麼時候將它悄悄掛到了我身後……

竹季說墨青是因猜忌而起的心魔，所以他連我也在猜忌了嗎？

但就算如此，我仍無法對墨青生氣。只覺墨青現在已經知道我所有的打算了，也知道他所有的身世了……

我醒悟過來，想起今天早上日出之時，墨青那有幾分奇怪的神情，登時心頭一涼。

他的沉默，又是什麼意思？

他會不會……

我推開十七，以神識往塵稷山上一探，探明墨青所在，得見他正在顧晗光那裡，便立即瞬行跟了過去，見了墨青，我不由分說地拉了他，「你都知道了對不對？你不會想自己一個人去重塑那封印吧？你……」

墨青與顧晗光都靜靜地看著我。

顧晗光挑眉問：「重塑什麼封印？」

墨青沒搭理他，只望著我道：「不會。」他說，「我想的，與妳一樣。」

神擋殺神，佛擋殺佛，唯一要的，就是與我在一起。

他是……這個意思嗎？

墨青我鬢邊散亂的髮幫我挽到耳後，「招搖，不要怕。」他道，「我不會離開妳。」

我怔怔地望著他，心頭卻覺那麼奇怪，明明我是這樣想的，我也不想離開他。可此時看著墨青專注且帶著幾分執著的目光，身體竟有幾分……微寒。

他讓我感覺他在……不知不覺地改變。

那日之後，墨青開始吃顧晗光給他的藥，令他清心靜神，我則多次跑到千塵閣去，意圖從琴千弦那裡找到突破口，可琴千弦對於心魔如何治癒也毫無頭緒。

儘管我與墨青都在尋找突破的方法，墨青仍日漸變得陰沉易怒。

我別無他法，只有日日與琴千弦研究千塵閣的經書，希望能找到破解之法。

我去千塵閣時，十七常常陪我一起去，我與琴千弦討論，她就在旁邊陪著我，聽不下枯燥的內容，她就在一旁打瞌睡，偶爾睡著了，琴千弦瞥一眼，便以法力帶動他掛在屋裡的素衣裳，輕輕蓋在她身上，做得那麼不經意，甚至有時候連我都沒察覺到。

我旁敲側擊地問了琴千弦幾次：「我家小十七是不是很可愛？」

他便答道：「天性至純至此的人，已經很少了。」

我是不懂他們這些修菩薩道的人的心思，不過對十七我卻是了解的。就算琴千弦有哪天真的喜歡上了小十七，他最大的難題恐怕不是他自己，而是……在十七的眼裡，她最愛的……是我。

要給沒有男女有別觀念的十七解釋，男女之愛與朋友之愛的差別……難度很大。

我同情地看著琴千弦，作為過來人，為他的前途感到擔憂。

這日回到萬戮門，我也問了問十七：「妳覺得琴千弦怎麼樣啊？」

「人很好。」十七這般答了我，又看了我一眼，一把抱住我的腰，在我懷裡蹭，「不過主子還是比他好，一百倍，一千倍。」

我摸著十七的腦袋笑。

便在這時，墨青的聲音倏地在身後響起：「絮織，放手。」

十七正蹭得開心，轉頭給墨青吐了舌頭：「門主是我的，才不要放手！」

此話一落，周遭氣息一沉，我一愣，十七也是一怔，但覺一股大力，狠狠將我懷裡的十七推開，十七踉蹌退了兩步，開始捲袖子了。

「小醜八怪，你是不是想打架！」

我回頭看了墨青一眼，護著十七，「她……」話剛開頭，一記劍氣竟然從我肩頭擦過，這力道之狠，速度之快，我心頭一凜，知曉以十七之力怕也難以抗住！我瞬行一動，落於十七身前拔出六合劍，逼出一身氣力生生擋住這記劍氣。

然而更出乎我意料的，劍氣來勢被我擋住，力道竟大得震裂我的虎口，六合劍發出「嗡嗡」的哀鳴之聲。

下一刻，「啪」一聲脆響，六合劍應聲而碎，萬鈞劍氣撞上我的胸膛，撕裂的疼痛傳來，劍氣在我肩頭至胸膛的地方留下了一道傷痕。

我一聲悶哼，咬牙想撐住身體，還是痛得跪了下去。

十七在我身後抱住我，驚呼：「門主！」她聲色驚慌，轉而惡狠狠地質問墨青，「你瘋了嗎！」

面前沒有人回聲，我抬頭一望，但見墨青眸中是從未有過的驚懼。他看著我，也看著滿地的血，直愣愣地僵在原地，彷彿被施了定身咒一般，也宛如被方才那記劍氣所傷的，是他自己一樣。

面色更比我蒼白三分。

他手一鬆，萬鈞劍落在地上。

在十七的叱罵聲中，我與墨青對視，我伸出手，試圖安撫他，「墨青，別怕，我沒事。」我斥了十七一句，「別吵。」我以法力封住胸膛的血，強撐起身體，一步步走到墨青身前，我抓住他的衣裳，「別怕，別怕。」

他伸出手，觸到我手上滑落的血液，他的眼眸巨顫，好似有一場天崩地裂正在他內心上演。

我只恨我無法用窺心鏡看到他心裡的話，我只恨我的安慰觸碰不到他內心真正的深處。語言那麼無力，我只好伸手抱住墨青，可當我撲進他懷裡，我才發現，原來他顫抖得這麼厲害。

「墨青……我沒事……」

他咬緊牙關，終是伸手抱住了我，一個瞬行，將我帶去了顧晗光的院子。顧晗光見了我的傷，狠狠驚了一瞬，脫口而出：「誰幹的？怎麼傷得這麼重？」

墨青眸光微顫，靜默不言，我立即咬牙道：「不重不重，我一點都不痛！」

我作勢想站起來動一動，墨青手指顫抖地壓住我，「招搖……乖。」

我霎時便難過了起來，我與墨青，都是這麼小心翼翼的，想要保護彼此……

顧晗光見狀，便沒再言語，幫我剪開了肩上被血黏在一起的衣裳，墨青全程都守在旁邊，看著顧晗光幫我清理了傷口，敷了藥，裹上繃帶。

處理完了，顧晗光離開，我便安撫墨青：「當年我當萬戮門主時，那麼多傷都受過了，這個只是撓撓癢，不痛。」

「是我傷了妳。」

不是傷得重不重，而是因為是他傷了我，所以……

他無法原諒自己。

我拽住墨青的衣袖，終於在墨青眼裡，看到了自己蒼白的臉，我問他，聲色帶著幾分自己都意想不到的顫抖：「答應我，你還是要無論如何，都和我在一起。」

墨青不言語。

「墨青，答應我。」

他摸著我的臉頰，輕輕一俯身，在我額上落下淺淺一個吻，「好，我答應妳。」

夜裡我睡著了，周遭一片安靜，半睡半醒間，我隱約感覺有人走到我身邊，我想睜眼，眼皮卻沉重得無法撐開，身體更像是被什麼術法束縛在床榻上一樣，起不來。

一股熟悉的氣息坐在我身邊，是墨青來了。

知道是他，我身體放鬆，他輕輕地摸我的頭髮：「招搖，劍塚那日，妳說我能為妳放下一切，是因為我本來就一無所有。」啊，是啊，我是那麼說過，小醜八怪還記仇啊，居然記到現在。

他手指輕輕撫摸過我的五官，「當時便想解釋了，可當時確實一無所有，便也無從解釋，而現在……」他俯身，在我唇上淺淺一碰，那麼輕那麼溫柔，也帶著讓人心碎的留戀，「我有了一切，也可以為妳全部放下。」

什麼意思？

我想睜眼，卻睜不開，想拉住他，卻動不了。

我感覺到他離開了床榻，也感覺到他氣息的消失，可是我無法動彈。

我躺在床上，只覺得每一刻的時間都那麼難熬，想衝破周身的禁制，可無論如何也衝不開。

我知道，這是墨青給我的禁制，他現在有了心魔之力，早便不是這人世的修仙修道者能對付的了。我跨越不了他的禁制，除非……當他消失。

天亮時，我聽到有人來過我的房間探看，可見我再睡，便也又出去了。

不，去攔住墨青，讓他回來！不要讓他走！

不要讓他再獨自一人去面對那些殘忍的選擇了！他這一生，背負得夠多了，在他生命的最後，不要再讓他獨自背負著那些傷人、沉重的過往，隻身赴死！

我願意陪他，他為何都不問問我的意見，我願意陪他！

能睜開雙眼時，外面已是黑夜，四周靜寂無人，我坐起身，什麼也沒想，瞬行而至我故鄉之地。在那巨大洞穴之下，光芒如白日一般耀眼，下面的封印已經被重塑。在那灼目光芒之中，有黑髮黑袍的一人那麼醒目，他立在光芒正中，執萬鈞長劍，正在為自己塑那一方墳墓。

我剛到這處片刻，地上光芒倏地大作，沖天光柱拔地而起，將他身影籠罩其中。隨著光芒自天際落下，墨青的身體便如飄零的落葉也被帶了進去，我不管不顧，一頭衝向那光華之中。

光芒裡，劇烈的疼痛撕扯我的身體，我卻抵擋著如逆流一樣的排山倒海的痛苦，找到了墨青，抓住他的衣襟。

墨青睜眼，不敢置信地望著我，「妳來做什麼！」他萬分憤怒，「回去！」

他作勢要推我。

我死死抱住他的脖子，與他一同承受著身體被擠碎般的疼痛，「不要命令我！」我斥他，「不要為我做決定！我知道怎樣是最好的選擇！」

我知道世上有很多事比愛情重要，可我也知道很多愛，比生命重要。

能得以體會這樣的愛，是我的福氣。

「黃泉忘川，只要你在，我便相隨。」

比起活著，我更想陪你。

墨青喉頭一哽，終是不再推我，「路招搖，此生有妳，何其有幸。」

真好，到最後一刻，我們都認為自己是幸運且幸福的人。

在巨大痛苦中，全身的感知都變得破碎，可唯有懷抱裡的溫暖，永遠沒有消散……

第十二章　新生

死亡是什麼感受？

或許在死亡前，人都有過無數的猜測，但當那個時刻真正來臨時，所有感官與感受都通通消失，死亡這件事也變得不再重要了。

這魔王的封印，對我與墨青來說，便如死亡一樣。

我感受不到封印的存在，感受不到墨青的存在，也感受不到自己的存在。我本意是下來陪著墨青，誰承想到了此處，竟什麼知覺都沒了，也不知道有沒有一直陪著他。

不過，就算如此，我也沒後悔與他一同進入那光柱裡。就算我的陪伴只能溫暖他最後那一瞬的胸膛，我也覺得值了。

不知在那虛無之中飄蕩了多久，忽然間，我聽到了一些細碎的聲音。像是經文，忽近忽遠，時有時無。不知聽了多少遍，我慢慢感受到了自己的心跳。

終於有一天，我在那吟誦的經文中，睜開了雙眼。

周身觸覺恢復，我發現自己被人抱在懷裡，而抱著我的那人，我所能感覺到的，只有他胸膛裡極慢的心臟跳動。

是墨青。

周在一片刺目的白，他抱著我便在這封印中飄浮，沒有目的，不知去處。也不知他已經這樣抱了我多少年。

這些也都不重要。

墨青還沒有醒來，他依舊沉浸在那片虛無中，而對我來說，在這樣的世界裡，他若沉睡，我的甦醒便也沒有意義。

我在他懷裡蹭了蹭，找了個舒服的姿勢，抱著他，依偎著，閉上眼睛，繼續聽著那經文，在這白光裡飄浮。

終有一日，那日經文聲尤其大聲，我被墨青胸膛逐漸強烈的心跳震醒過來，久未轉動過的腦子，隔了好久才明白過來他這般心跳意味著什麼。

我仰頭看他，只見那雙如被冰霜覆蓋的睫羽微微一顫。

眼瞼睜開，漆黑如夜空的眼瞳終於再次映入了我的身影。

我張了張嘴，太久沒有說話，竟然不知道該如何發聲。

墨青望著我，手臂微微收緊，「我帶妳……出去。」

他聲音極致嘶啞，隨著他話音一落，周遭蒼白如鏡面一眼，開始龜裂，破碎之聲充斥這耳朵。和著越來越大的經文聲，只聽一聲清脆的響，整個白色的世界徹底坍塌。

周遭氣息衝擊我的身體，墨青將我緊緊護在懷裡，抱著我一躍而起，衝破天頂之上的最後一層薄光，霎時外面的暖陽與清風撲面而來。

身後盡是坍塌之聲，下方有無數人的驚呼，我回頭一望，但見那坍塌的地底洞穴旁邊，站著的一半是萬戮門的人，司馬容、顧晗光、芷嫣都在。一半是仙門中人，千塵閣的，觀雨樓的，所有人都仰頭望著我與墨青。

「出來了……」

「他們出來了！」

我聽到十七驚喜的狂吼。

我仰頭望了望，頭頂烈日，只覺得不可思議。竹季說要讓墨青恢復從前的樣子，至少要幾百年時間，而現在，我們居然在他們還在的時候，就出來了……

我轉頭看墨青，他亦是專注地看著我。

我一勾唇角，望著墨青大大一笑，墨青眸光輕柔。我在他懷裡一個蹦躂，雙手撲上他的肩，抱住了他的脖子。

出來了。

雖然與墨青一直被關在封印裡也沒什麼不好，不過相比起來，我還是更喜歡想撲倒他時就能撲倒他的幸福生活。

打那日被眾人簇擁著從封印裡出來後，與墨青被接回了萬戮門，顧晗光前來替我們檢查身體。

墨青沒甚大礙，身體之中的邪煞之氣被封印之力盡數化去，散於山河之中。我的身體卻有幾分糟糕。

我與墨青不一樣，雖生而為魔，可我並不是心魔，身體裡也無甚邪煞氣息，在那封印裡面，周身力量被卸去，連帶著身體也受到影響。說話要慢慢訓練，走路也要慢慢訓練，但總地來說，性命無礙。

這卻讓墨青很難受。

顧晗光給我開了藥，讓我在院裡靜養。我就每天使喚墨青，讓他餵我吃東西，端水給我喝，要親親，要抱抱，在院子裡練習走路時就一定要他扶。有時候還使壞想走遠點，就讓他背我。

他也樂得如此。

我知道，我便是驕縱一點，方才能讓墨青沒那麼自責難受。

他什麼都慣著我，我說要去雲上睡覺，他也能給我裹著狐裘，帶我上天。一旁把這些都看進眼裡的顧晗光說：「你這是把她當成個巨嬰在養了。」

他當著我的面說，我就斜眼瞪他，而墨青只一邊幫我吹藥，一邊道：「那又如何？」

墨青幫我撐腰，我衝著顧晗光哼了兩聲：「聽見沒，我命好，自是有人寵。」為了顯現我與墨青的恩愛，我乖乖喝了他遞過來的那口苦藥。

墨青神色溫和：「乖，都喝了。」

我也配合著都喝了。

墨青收拾了碗筷，臨出門時才對顧晗光道：「她這樣才是最好養的。」

咦……這話，怎麼聽起來還有點別的意思，是嫌我以前比現在還難養？

顧晗光一聲冷笑，「可不是嗎？比以前那成天上捅妻子的德行好多了。」

「嘖，小矮子你嘴怎麼那麼討厭呢，你還想讓沈千錦再喜歡上你嗎？」

「不想。」顧晗光給我翻了個白眼，「手伸出來，把脈了。」

墨青什麼事都慣著我，唯獨不慣著我的，就是不讓我每天和十七與芷嫣待在一起太久。從我與墨青入那封印開始算起，已經過了整整十年。

這十年時間裡，人世又發生了許多事。

比如說萬戮門主的位置空了十年，芷嫣在林子豫與司馬容的扶持下，利用門主徒弟的身分，立了個護法的職位，行門主實權，執掌萬戮門。經過十年磨礪，她已經從當初那個抽抽噎噎的小姑娘成長為一個殺伐決斷的一門之主。

我聽了，只覺得世事難料，不過一想到芷嫣也算是我一手帶出來的，我的內心也升起一股驕傲感。

在這十年間，芷嫣還與十七玩得尤其的好。

這兩人湊在一起來找我，東山主就一點沒了殺氣騰騰的模樣，這兼職萬戮門門主的護法大人也恢復了小女孩的模樣。我這個前前門主和他們在一起，也控制不住自己的八卦之心，嘰嘰喳喳地能聊上半天。

在墨青看來，她們二人就跟毒瘤一樣，耽誤我休息。

墨青一天只讓她們來看我一個時辰，而這一個時辰裡，她們能告訴我很多很多八卦。

從琴千弦如何從經書典籍裡找到突破，到如何讓千塵閣的人誦經助長封印之力，加快封印拔出墨青邪煞之氣這個話題，再到顧晗光這些年見過幾次沈千錦，每次的表情是什麼模樣，各種類型的話題都有。

從她們的嘴裡，我聽出顧晗光還是喜歡著沈千錦的。現在他之所以一直苦苦壓抑，不過是害怕沈千錦情毒發作，一命嗚呼。

我給他出主意：「你這些年救過萬戮門不少人，也救了我與墨青好多次，你要是願意，讓墨青廢了沈千錦一身功法，這樣她的情毒……」

顧晗光在我手背上狠狠紮了一針，「妳敢！」

我撇撇嘴，這不是敢不敢的問題，只是人家沈千錦已經悄悄地來諮詢過墨青了。

前兩日墨青趁顧晗光不在，一邊牽著我練習走路，一邊與我商量，沈千錦這些年似乎也記起了些許過往，只是苦於顧晗光的封針，無法完全想起往事。

她卻知道，那些事情對她而言，是極其重要的，且越是見顧晗光，便越是想多見他。即便記憶不在，情毒已除，心頭情愫又起，也使她有點重蹈覆轍的傾向了。

沈千錦是個果斷的人，既然拔不掉這份情，索性拔掉一身功法，還自己一個自由。

然而，要廢了自身修為，需得找個比她厲害許多的人，而今這江湖之上，除了墨青與琴千弦，她實在想不到還有誰能做到。

琴千弦前些日子才破了封印，放我與墨青出來，現今正在閉關中，她的困局，非墨青所不能除。

墨青與我說：「情愛一事，我且木訥，便是對妳……時常也不知該如何表達。沈千錦此事，妳怎麼看？」

當時我便回了：「瞧你說的。情愛一事，我若不木訥，還能有之前那麼一堆事情嗎？」

墨青聞言，就沉默了。沉默著沉默著，卻笑了出來。

「如此說來，倒也算絕配了。」

是啊，他傻傻付出，我傻傻接受，就這麼傻著傻著，拐了那麼多彎，走了那麼多冤枉路，最後還是碰見了彼此，才能手牽手在一起走。

「就圓了沈千錦的願吧。」我道，「我們能從封印裡這麼快出來，她們觀雨樓也出了力的。她既然如此希望，就滿足她吧。」

墨青應了，後來的事，我便沒有管了。

反正隔了十來天後，顧晗光哭著將面色蒼白卻笑得溫和的沈千錦帶了回來。至於他們之後怎麼相處，也與我無關了。

隨著時間推移，我的身體康復了許多。墨青不在時，我和十七與芷嫣鬧騰都不在話下，而等墨青回來了，我還得哼哼唧唧地嚷著要他背要他抱。

有時候鬧得太過分，他不開心了，親親臉蛋就能哄好。

只不過，琴千弦出關的那天，墨青卻是親了臉蛋也沒好。

說來……

那天我正與他在湖上泛舟。

芷嫣說了很多次，要讓我和墨青其中一個回去接萬戮門門主，可我們早已沒了那心思。

在虛空中待了那麼久，心裡完全看開了，任何事情都沒有比我們彼此重要。

我不想把和墨青在一起的時間，再浪費在別的事情上。墨青也是如此。

是以在我使用一點法術了後，墨青便帶著我到處遊山玩水，好不自在。

那日我正在躺在蚱蜢舟上飲酒，笑看墨青站在船尾撐杆，四目相接之際，我動手勾了勾他，「你猜今日這酒香不香？」

這些日子黏黏糊糊的相處，墨青已經摸清了我的慣用套路，他知道我想幹壞事，於是笑而不語。

我路招搖要勾引人，還能讓你說不？

我提著酒壺起了身，踩著蚱蜢舟，搖搖晃晃地走到船尾，舟有一些晃，將翻未翻，我一把勾住他的脖子，仰頭咬了他的下巴，複而抬起一條腿，膝蓋在他身上蹭了蹭。

「聞到酒香了嗎？」

「招搖。」他喚我，「樹上的猴子在看妳。」

「哪只猴孫這麼大膽。」我一轉頭，正要掐個術法將猴子打下來，墨青卻將我的腰一攬。我微驚，身子一個不穩，往旁邊倒去，墨青竟然也沒扶著我，只抱著我，踩翻了船，讓我與他一同墜入湖水當中，湖水清亮，正是盛夏的饋贈。

他捏住我的下巴，「這樣牠就看不見了。」

我一陣笑，「小醜八怪，你好悶騷。」

水裡一通荒唐後，我趴在他肩頭歇氣時，見了遠方天空一片祥瑞之色。

「咦，那是什麼？」我問墨青，墨青轉頭一看，也有幾分驚訝。

「有人修仙得了大成了。」

這世上最接近大成的那人，除了琴千弦還能是誰。

我與墨青理罷衣裳，趕去了千塵閣。

琴千弦算得是我與墨青的大恩人，他若要飛升，我與墨青自得是來見他最後一面。

同時來的，還有十七。琴千弦踏祥雲而上，步步升入九重天中，我在這世上活了這麼多年，這是第一次看到真的修仙成功的人。

十七御劍而起想追上去，可琴千弦去得太快，轉瞬便消失不見了。只餘十七踏著劍，站在空中，茫然地看著天空，不肯下來。

先前他們於我說過，斬除姜武後，琴千弦在這十年間，通閱經書，潛心修行，在魔王封印之外，使千塵閣門徒布陣誦經，加持封印之力，所以才能這麼快摧散墨青體中的邪煞之力。

在這十年裡，琴千弦助我與墨青，亦是助了他自己的修行，將我與墨青救出來之前，他已有得大成之相，只是一直隱而不發，而後破了魔王封印，他自行閉關，外人皆道他是在因為破開封印而傷了修行。

結果沒想到卻是出關之後，直接一步登天。

我用傳音術，將十七喚了下來，她走到我身前，有些魂不守舍：「門主，為什麼琴千弦升天了，我一點也不替他感到高興，心裡空落落的。」

我望著十七，琢磨了下，既然琴千弦都走了，有些事也就不用說那麼清楚了，我哄她：「回去吃點肉吧，吃點肉就好了。」

她信了我的話，點頭走了。

我只望著天上的殘留的祥雲琢磨，琴千弦升仙一事對十七來說未必幸運，可對我與墨青來說，卻是幸運了。多虧琴千弦修功法修到這種地步，不然我和墨青不知道什麼時候才能從封印裡出來……

等等……

唔，難道仙人遺孀的福氣，就是指這個？

墨青轉了頭，眼睛微微瞇了起來，「什麼遺孀？」

我往胸前一摸……嘖，窺心鏡還掛在身上。

我眸光轉了轉，墨青的臉色越發不友善。我心頭過了一遍那段過往，然後無辜地望著墨青：「你看，我也沒辦法不是。」

「我們回去說。」

我拉住他的手，在他臉上親了一口，臉色依舊沒有改善，於是我又墊腳親了一口，他拉住我，沈著臉不說話，我只好又往地上坐了。

「哎呀，突然腿軟了，抱我。」

「路招搖……」

「不抱，背也行，反正我走不動了。」我爬上了他的背，墨青被我一通鬧，又是一個哭笑不得，最後只得無奈地背上了我，還暗暗恨道，「這般事也敢瞞我，這次必須罰妳。」

我腦袋搭在他的後背上哼哼，「哎呀，頭也痛了。」

他一狠心，「痛也要罰。」

「哎呀，心也痛了！小醜八怪不心疼人了！」

「……」

「小醜八怪得到了就不珍惜了，唉，我命苦……」

「好了……」

「唉，命苦。」

「……不罰了。」

「來親一個。」

我「吧唧」一口親在小醜八怪的耳根處，看著他的側臉，如天上晚霞一般羞紅且美得動人心弦。

適時，晚霞如火，飛鳥歸巢，正是日暮人歸時。

——《招搖卷四》完

——《招搖》全系列完

番外一　墨青

和路招搖在一起後，其實墨青已經很少回憶過往了，因為對他來說，過去的一切時間，都沒有現今這般令他心安。

很多年後，有一日他帶著路招搖與家裡兩個小子正好遊歷到豐州城，路招搖倏爾起意，想去看看司馬容，他們一家便去了司馬容的小院做客。

司馬容依舊獨身一人，只是那機關術已經修得出神入化，造出來的木頭人與真人無異。

他們入了院中，但見一個女子推著司馬容的輪椅出來，招搖望見那女子，還好生愣了一瞬，「小圓臉……」

窺心鏡能窺見招搖心中所想，墨青明白這其中因果，並未多言，只看著那司馬容造出來的小圓臉木頭人牽了身後兩個孩子去院子裡玩。

招搖生了一男一女，姐姐叫厲明歌，弟弟叫厲明書。姐弟倆性格一個像爹一個像娘，只是卻與兩人反了過來。姐姐沉默寡言，待人處事與墨青相似；弟弟則是翻版的路招搖，上天下地到處亂竄，但凡家裡有孩子挨揍了，不用想就知道是他做的。

現在弟弟和姐姐被小圓臉木頭人牽著走了，沒一會兒，就見得厲明書將木頭人手背上的一個機關鈕拔了下來，「啪啪」兩聲，那小圓臉木頭人的手指便變成了幾段小木頭，稀里嘩啦落了一地。

厲明書「喔」了一聲，好似十分稀奇，而厲明歌則皺起眉頭，小圓臉也沒生氣，只彎腰去撿自己的木頭。

路招搖怒了：「小混蛋，一會兒沒看見你就給我闖禍！過來！」

她捲了袖子要過去收拾人，厲明書連忙躲在姐姐背後，

坐在輪椅上的司馬容見狀輕笑：「師兄好福氣。我這小院裡，許久都沒有這般人世煙火的樂趣了。」

滿屋的木頭人，能慰藉多少寂寥？只怕外人永遠無法體會。

墨青給司馬容搭了把手，推著他的輪椅行去了旁邊院中小樹之下，「招搖見過那南月教的女子，在你這小院之中。」

司馬容聞言，強自抓住了輪椅，默了許久，身後的人世煙火好似瞬間都離他遠去，他轉頭望向墨青，「什麼？」

招搖未曾將這些事與外人講過，更別說司馬容了。墨青知道招搖的想法，她是覺得，既然已經陰陽兩隔，不如不知道那人的存在，省得思念難過。

墨青卻知道，就算司馬容永遠也無法觸碰、甚至感覺到那南月教女子的存在，可若知道她尚在自己身邊，已足夠讓他開心。因為時至今日，再無別的奢望，光是知道她的存在，便足已慰藉靈魂深處的孤寂。

墨青懂他的心。

曾幾何時，他也是如此。

其實初遇路招搖時，他並未想到未來有一天，他會和她過上現在這般的生活。她在他絕望時闖入了他的生命中，強橫、毫不講道理地在那個夜晚裡，給他留下了此生最無法忘記的畫面。

她似天神一般破空而來，擋住了殺他的刀，救了他，帶他逃出絕境。然後陪著他伴著他，即便帶著一身的傷，也自始至終地護著他。

那時他小，並不知道自己從何而來，世人說他是魔王遺子，他便這樣認為。一路的顛沛流離，從記事開始便面臨著無止盡地暗殺與危險，他從不知心安是什麼感受。

而路招搖讓他知道了。

當她護著他避過那麼多廝殺、走過那麼多絕境時；當她即便血落滿地也沒有放開他手掌時；當她背著他走上塵稷山那破廟，終於找到安穩之地時，他感到前所未有的心安。

他面容醜陋，從小便活得卑微，不敢以真面目示人，她卻說他的眼睛像星空一般漂亮。其實路招搖不知道，她才像是他黑暗生活中的那片星空，閃著星光，帶著無盡的美好，令他沉醉且著迷。

但他也清楚地知道，路招搖總有一天是會走的。因為她不停地告訴他，她想

招搖

做一個好人，她要去找那遠在天邊的金仙洛明軒。

對那時的路招搖來說，洛明軒就像是她的啟明星，她嚮往著找到他。

看著她提起洛明軒時的模樣，看著她眉眼裡的靈光與期待，墨青只有沉默。

所以當那天路招搖早上起來，看看朝陽，伸了懶腰，在晨曦中揮揮手和他說她要離開時，他也只有沉默地看著她，忍住了內心的惶然與不捨，故作漠然與成熟地目送她離去。

對於路招搖來說，他只是個順手救下的生命裡的過客。

他也只好擺正自己的心態，從此留在塵稷山的破廟裡，守著她給予他的那些微不足道的過往，抹掉因幼小無助而留下的眼淚。與塵稷山的風與月相伴，獨自生活。

有什麼辦法呢，路招搖想要那樣的生活，想到她會在世上的某個地方生活得那麼放肆且開心，他便只能祝福。

可是他怎麼都沒想到，那樣的路招搖，奔向自己的啟明星而去的路招搖，竟然有一天會帶著一身血恨再回到塵稷山。

再遇見她，很難說他不高興，可是看著路招搖被恨意灼燒的模樣，他又打從心底地與她一起仇恨那個他甚至連面也沒有見過的金仙洛明軒。

什麼金仙？他怎麼捨得將好得讓自己幾乎不敢觸碰的路招搖，傷成這樣！

他想幫她報仇，可是他的身體，卻半點沒有修行法術的天賦。

墨青當年並不知道是因為周身的魔王封印才使得他無法調動體內氣息。他的心裡能領悟師父說的話、教的方法，身體卻做不到。

於是招搖給他指的那個師父便以為他是個沒有天賦的魔修，墨青自己也是這樣認為的。

他被打發去看守山門，也是情理之中，他從沒有怪過誰。對墨青來說，能在每次招搖歸山的時候，第一個看見她，迎接她，便足夠了。

那是他守在山門前那段時間裡，他心裡最為隱祕的竊喜。

他那麼喜歡她，喜歡到就只那麼寥寥一面的時間，就足夠讓他欣喜地撐過下一段見不到她的日子。

即便……打從路招搖當上萬戮門主後，腳步從未在他身邊停頓一瞬，可知道她在身後的塵稷山上，山門前拂過他衣襬的風，會遙遙飄上山頭，親吻她額間鬢邊的髮，便足矣。

命運之所以迷人，便是在於它的意想不到。

對墨青來說，遇見路招搖後有很多意想不到，而其中最讓他意想不到的，就是他與路招搖在山門前的那一段不可為人說的往事。

那是他獨自一人的祕密，隱祕到連路招搖，他都不想讓她知道。

路招搖與洛明軒一場大戰，她幾乎是用命封印了洛明軒，被暗羅衛帶回山上時，多少人都以為她活不成了。

他在山腳下心急如焚，唯有託司馬容給他帶來消息，待聽得顧晗光將路招搖救醒之後，她下的第一個門主令竟然是要大宴天下，墨青真是哭笑不得。

不過，她沒事就好。

那夜的星空極是明亮，塵稷山接納了所有賓客之後，山門前的陣法重新開啟，是他往常見慣了的冰雪與烈火交融的場景。

無惡殿上觥籌交錯，絲竹之聲彷彿永不停歇。他能想像得到山巔之上，人們狂歡時的瘋狂，那個他與路招搖一同待過的破廟早已不見，他往山頭望了一會兒，便坐在山門前的階梯上繼續守著山門。

當戲月峰上燒起來時，墨青回頭張望，卻望見了瞬行而來、搖搖晃晃站在階梯上的她。

她手上還提著酒壺，一臉潮紅，眸光迷離，映著他身後的陣法光芒，她不知道，那個時候她的出現，在他眼裡就像一個天賜的驚喜。

說給路招搖聽，她可能不會相信，可墨青卻能算是世上最了解她此刻心境的人，封印洛明軒對路招搖來說意味著什麼，別人不懂，他明白。

天下魔道，千萬賓客都是來為路招搖賀喜，只有他為她感到心疼。

心疼那曾有過那麼明亮眸光的女子，如今卻被命運捉弄著，親手抹去她那些光芒。

他望著階梯上的路招搖，想著至少說一句安慰的話，勸誡一句少飲些酒，保重身體。他明白她可能聽不進去，但他能對她將這些關懷的話說出口，便也算是結了自己的心願。

當他在斟酌著如何開口時，路招搖卻毫不在乎地說話了。

「喂，接住我！」

她這樣說著，就像一隻翩然而來的蝴蝶，以她一身華服為翅，撲進了他懷裡。

攜著一腔冰涼的夜風，與她滿身醉人的酒香，將他撲得措手不及，腳下一個踉蹌，他沒來得及站穩身體，只抱住了路招搖，往後一倒，剛好停在了牌坊外的陣法前。

再多一點點，他便會被她撲進那殺人無形的陣法中。

而懷裡的溫軟，讓他無法生出一絲一毫的責備心思，他只能提醒：「門主，妳醉了。」

「噓……」路招搖一抬手就壓住了他的唇。

她口中的酒香吹在他耳畔，彷彿是一根毛茸茸的狗尾巴草，撓得他從耳根，一直癢到了骨頭裡。

她含混不清地與他言語：「別吵，我就是來找人洩火的。」

她說什麼？

墨青開始懷疑自己的耳朵。

在他還愣神時，她就蠻橫地抓了他的衣領，強迫他抬起頭，然後……吻了他。

其實那根本算不上一個吻，根本是在咬他。

咬得讓他感覺到疼痛，而疼痛正好讓他在這劇烈的衝擊中回過神。

不行。

他能感覺到自己對路招搖的欲望，那一直深深壓抑在心底的欲望。她哪用這樣，她是路招搖啊，她只要勾一勾手，他什麼都願意為她做。

唯獨這件事……他必須控制自己。

她喝醉了。不行。

若是她清醒了，她一定會恨透自己。

他試圖推開她。可這個喝醉了的萬戮門主，竟然占著當時修為比他高，將他用力壓住了。

「乖一點，聽話。」她說。

當他是小動物嗎？

他對路招搖是無法拒絕的，包括那時，他的理智在腦中一遍又一遍地敲響警醒的大鐘，卻還是淪陷下去。

她像是傳說中的妖精，舔弄他的唇瓣，撫摸他的胸膛，輕輕咬著他的耳，舌尖掃過他的耳垂，那勾魂的誘惑，讓他丟盔棄甲，潰不成軍。

他忍不住接納了她的熱情，她的勾引，還有她致命的誘惑，也忍不住開始回應。那小心隱藏多年的卑微心思在她的誘惑下，如同火山噴湧一般衝破禁制，洶湧而出，灼灼熔岩，彷彿能遮天蔽日。

片刻的無法控制後，路招搖彷彿有些應付不了他的攻勢，推開了他，趴在他的胸膛上看他。

她漆黑眼眸裡是他被陣法光芒映出的醜陋面容。

那些黑色的印記如同蟲子一般，爬滿了他整張臉。

路招搖的眼眸像是一面鏡子，照得他也覺得自己噁心。他微微側過了頭，躲避她的注視，他怕嚇到她……更怕她噁心與嫌棄。

然而，她卻說，他的眼睛像星海那麼美。這話那麼溫柔，卻暗含了震顫他靈魂的力量。

她捧著他的臉，輕輕觸碰和親吻他臉上每一道醜陋不堪的印記。

就像是在給予他救贖。

「妳知道我是誰嗎？」

「墨青。」

她給他取的這兩個字脫口而出後，一切就失控了。

他再無法控制那衝擊著他心口的澎湃情緒與洶湧愛意。

他抱住她，反過身來，將她壓在身下，而路招搖就像個奸計得逞的壞人，逗弄一般地問他：「你知道我是誰嗎？」

「招搖……路招搖。」

是他的救命恩人，是他的天賜良緣，是他此生唯一的風與月，情與愛，救贖與守候。

墨青永遠都無法忘記在山門前、殺人陣法旁的夜晚，天下所有可懼可怕的事物都在他身後，而天下所有罪惡、美好的欲望，都在他身下。

她是他此生，僅有的欲與念。

天亮之際，山上傳來了尋人之聲。塵稷山上一夜喧囂，無惡殿上魔道的狂歡與戲月峰的大火傳遍了整個江湖，而山門前，屬於他們的荒唐與瘋狂卻無人知曉。

他將唯一繫著他身世的小銀鏡掛到了她脖子上。她沉沉睡著，不省人事。

其實他心裡是忐忑的，該怎麼面對清醒的路招搖，若是她回憶起了今晚這些事，她又會怎麼處置他？留下他，或者……驅逐他？

若是前者，當是他所期許的最好，若是後者……

看著司馬容帶人來找到路招搖，然後帶走了昏睡不醒的她。墨青只得如往常一樣隱於自己寬大的黑袍中，退去一旁，靜靜地目送他們離開。

接下來的日子，便是如同等待判刑般難熬，可墨青沒想到，路招搖昏睡半個月之後，一覺醒來，竟全然忘了半個月前的那場瘋狂。

也是從那時開始，墨青才知道，原來他自小帶在身上的那面鏡子，竟然能窺探人心。

他探看到了路招搖的心，她確實什麼也不記得了，怎麼在無惡殿上狂歡，怎麼燒了戲月峰，怎麼下的山，怎麼與他一夜荒唐。她都忘了個乾淨。

自然也談不上要如何處置墨青。

他哭笑不得。

他不安了這麼多天的事，對於路招搖來說，卻是一場夢……也不如。

不過，能有什麼辦法，這就是路招搖啊，他喜歡的她。

略過這件事情，那面送給路招搖的窺心鏡，又是讓他有點發愁。他知道不應該讓鏡子一直待在她的脖子上，因為，他即便坐在山門前守著陣法，偶爾都能聽到她在無惡殿上感慨：「哎，袁桀這老頭子話也太多了，改天找個由頭將他支出去，別回來開會了。司馬容怎麼又在提我喝酒的事，好煩啊，讓十七把他的嘴和袁桀縫在一起吧。咦，十七最近胸好像長大了，該給她穿個肚兜了……」

他就這樣面對著風火呼嘯的殺陣，一個不經意地笑了出來。

他該把那面鏡子拿回來的，因為她肯定不喜歡心事被人窺探。

可要怎麼開口才好？

門主，把我送妳的定情信物還給我吧。這話他無從解釋，也無法開口。而且……每天能聽到路招搖的心聲，對於枯守山門的他來說，實在……太有趣了。

像是老天爺的恩賜，讓他能這麼近距離的接觸路招搖，他坐在山門前，眸光望著遠方，內心卻在悄悄地、隱祕地探看著那個他碰觸不了的人的內心。

這令他上癮，也令他無法自拔。

他那麼愛路招搖，所以不管她任何的想法、心念，他都覺得可愛。可愛得讓他時時刻刻都想擁抱她，親吻她，如果可以，他願將她想要的所有美好，拱手奉上。

只要她開心。

可是當路招搖將琴千弦帶回塵稷山時，墨青卻發現，原來他並不是能容忍她所喜歡的一切。

他為此感到憤怒。然而，片刻的憤怒後，他便陡然驚覺，自己其實是沒有資格憤怒的。

他與路招搖之間不只是隔著塵稷山的數萬長階，她是天上月，不屬於任何人，更不可能屬於他。他站在山門前的長階上，極目遠眺，面前盡是風火雷電，殺氣四溢，而他腦中路招搖的心聲卻是前所未有地平靜。

她正看著琴千弦，她在琢磨，世上怎有人能美到如此地步？

墨青垂下頭，黑袍遮住他的臉。

他看著自己黑紋密布的手背，涼涼一笑，看，自己多麼醜陋。

琴千弦第二天就被放走了，路招搖讓暗羅衛將他押下山門，山門前的陣法熄滅，為他讓出了一條寬闊大道。

墨青在角落裡看見了他，素衣素裳，神色淡漠，彷彿世間一切都不會留在心上，只一眼，墨青便知道為何路招搖會欣賞他。

琴千弦離開時，他誰也沒看，唯獨一側眸，掃了墨青一眼。

很多年後，墨青想起琴千弦那一眼，似有感悟，或許在那個時候，琴千弦便發現了他的非比尋常，卻在回山之後，便生了心魔，再無暇顧及身外之事。

在那之後，塵稷山一如往常，墨青也依舊守著山門，小心翼翼地窺探著路招搖的內心。

這是屬於他一個人的祕密，就像與路招搖的那一夜，只有自己知曉。那時的墨青只道自己是一個修為不高的魔修，他的壽命註定比很多魔修都要短。等他命數該盡時，他就將這些祕密，全部帶進墳墓，連路招搖也不告訴。

他卻不料，未來有一天，路招搖竟先從他的生命中離開了。

萬鈞劍出世的消息傳來。

適時司馬容卻一門心思陷入了與月珠的感情中。

司馬容在萬戮門中朋友甚多，與路招搖的關係也極為密切，然則他卻只對墨青一人提過月珠的事，從知道月珠是南月教的人開始，墨青心頭便對這女子起了猜疑，然而看著司馬容滿眼愛意，墨青也只能提醒他不要過於沉迷。

事實上，他卻是最沒有資格勸誡司馬容的人。

月珠確實如他懷疑的那樣，是南月教派來刺殺司馬容的奸細，然而她卻對司馬容動了情，不肯殺司馬容，被南月教強綁了回去。

當路招搖舉萬戮門之力前去劍塚之際，司馬容正前往南月教救人。

墨青不放心路招搖，便離開了山門，跟隨眾門徒去了劍塚。

劍塚外，所有人都聽從她的命令，抵擋著其他門派的弟子，他便趁著混亂，借著窺心鏡，探看路招搖的內心，避開了她關注的地方，偷偷跟著她入了劍塚之中。

仙門的埋伏忽如其來，可他們的注意力都在路招搖身上，墨青知曉自己修為低微，在路招搖與他們爭鬥時，他悄無聲息地藏好，等待必要之時幫助她。

對墨青來說，這條命是路招搖撿回來的，能在最有用的時候為她所用，也沒什麼捨不得的。只是忽然之間，他很想在最後一刻讓路招搖看看他，他想讓路招搖知道他曾在她的生命裡存在過，哪怕只有一瞬間。

也算是……對自己的一場交代。

他在路招搖面前現身，她防備之後，眸光亮了一瞬。

「墨青。」她一口喚出了他的名字。

如同那日塵稷山下，陣法之前，她趴在他胸口上，輕聲喚他名字一樣。墨青的心口一瞬間便軟了，酸軟發澀，澀得疼痛。

她眼眸亮晶晶地盯著他：「你是不是喜歡我？」

這話問得突然，讓墨青愣了一瞬，可很快就從窺心鏡裡聽到了她的心聲。路招搖平時心大，實則是個很聰明的人，她能洞察人心，所以能從他的行為裡看穿他的想法。

她知道他內心深處的渴望，渴望她記著他，但對於那時的她來說，他只是她的門徒，是她的棋子，所以她也能在看穿他的渴望之後，笑咪咪地盯著他：「你喜歡我，一定不想讓我死在這裡對不對？」

她想利用他。

墨青垂下眼眸盯住她胸前的小銀鏡，即便這種時候，他還是覺得她耍小聰明的模樣很可愛。

即便她是想玩弄他的性命。

「這個銀鏡便給你當做信物，今日你若能保我從此處安然離開，他日我必保你在傲視群魔。」

嗯，她開始給他畫餅了。

偷看了她那麼多年的所思所想，即使不用小銀鏡，他也能摸清她的想法。

「妳不用給我什麼。」他壓住路招搖要取下小銀鏡的手，「把它留著吧，好好留著就行了。」

路招搖可以不用知道這個小銀鏡是從哪裡來的，也不用知道這個銀鏡對他來說意味著什麼，她可以什麼都不用知道，因為這些事情，只要自己背負就行了。

而路招搖，只需要繼續肆意地活著，偶爾看看這面小銀鏡，想到世上曾有他這樣一個人就好。

對他來說，這便足以慰藉深藏多年的隱祕情愫。

路招搖望著他笑，努力讓她自己的表情看起來充滿親和力，「你幫我去引開那些仙門弟子，好不好？」

怎麼會說不好呢，看著她對著自己展開的笑顏，墨青終是按捺不住內心的情緒，抬起手，輕撫她臉頰上醉人的酒窩，像是飲了三千杯酒，讓他有幾分恍惚了神智。

「門主，我可以為妳放下一切，只要妳安好。」

這或許，是他能對路招搖說出口的，最露骨的情話了吧。

但路招搖並不這樣認為，她心想，他可以放下一切，不過是因為他本來就一無所有。

她的想法讓他陡然回神。

是啊，除了這條命，他沒什麼可以獻給她。

本是她撿回來的，也該為她而死。

墨青提劍走了出去，他拚盡全力引開了剩餘的仙門弟子，可情況並不樂觀。

他知道，哪怕今日他便是將命搭在這裡，微末的功力也無法保路招搖平安離去，他唯一的希望，便在劍塚裡。

他且戰且退，終於退至劍塚旁邊，拚死爬上劍塚，腳筋被人挑斷，他根本沒時間喊痛，他握住破土而出的萬鈞劍，滿手的鮮血流滿了劍柄，一時之間無數氣息如同利刃一樣令他感到了近似凌遲的痛苦，痛苦彷彿撕裂他的靈魂，讓他再也無法按捺隱忍，拚著最後的性命，他一聲厲喝，將萬鈞劍從劍塚中拔出。

登時魔氣震盪而出，攜著摧枯拉朽之勢，以毀天滅地之力，滌蕩萬里，無數仙門人在這劇烈的氣息中悄然化為灰燼。

墨青死死握住萬鈞劍，意圖阻止它重新出世時的暴動。

不能再讓它繼續下去了，她還在……

轟！劍塚坍塌，巨石淹沒了整個劍塚，然而在所有掉落的石塊觸碰到萬鈞劍周遭力場時，瞬間化為齏粉。

大地轟鳴之聲持續了許久，終是慢慢地安靜下來。

墨青持著萬鈞劍，自劍塚之上站起身，他回身一望，觸目一片狼藉，劍塚只剩下了坍塌的碎石，而碎石堆裡殘肢遍野，血肉模糊，根本分不清誰是誰。

心頭頓時升起一股巨大的恐懼，鑽遍了他每一寸骨頭，最後躥上了他的天靈蓋，讓他大腦嗡鳴一片。

他撐著萬鈞劍，那把舉世聞名的上古魔劍已經認了主，此時他卻只當它是拐杖一般撐著，支撐著他搖晃的身體，讓他向前行。

他在碎石與殘肢中尋找著，「招搖。」他輕聲喚著這兩個字，萬鈞劍毀掉了一切，他甚至連回音也未曾聽到。

「招搖……」

他不知道她在哪裡，只是隱約感覺方才她似乎在這裡，於是他跪了下來，以手掘石，不停地往下挖，往下找，找了整整一天，袁桀領著暗羅衛尋來，見萬鈞劍被墨青隨手丟棄在亂石堆裡，而褪去黑紋封印的墨青還跟瘋了一樣挖著石頭。

來不及問任何話，袁桀領著暗羅衛與眾門徒在劍塚尋了三天三夜，幾乎將劍塚上的碎石都搬空了，終於在最下面，發現了一面染血的小銀鏡。

墨青看著那面銀鏡，一言未發。

而旁邊的袁桀也終於放棄了尋找路招搖的屍體，他命人將萬鈞劍取來，帶回萬戮門，可卻陡然發現萬鈞劍已然認主，而主人，便是墨青。

袁桀大怒，當場叱問墨青為何要害路招搖。

墨青只望著那面小銀鏡子，靜默不言。

他在仔細地聽，可無論如何，再也聽不到銀鏡傳過來的聲音了。

那個配著銀鏡的女子，已經不見了。

袁桀問他，為何要殺路招搖，墨青無言以對。當袁桀怒而舉起青鋼杖時，他也沒有反抗，死在這裡也無所謂。他珍藏在心底，本欲傾盡所有相護的人，最後卻因他而死。

他該賠了這條命的。

他該死。

萬鈞劍卻救了他。

在袁桀即將一杖擊碎他頭顱時，萬鈞劍橫插而來，擋開袁桀，浮在墨青身前，鎮住了所有人。

多可笑，萬鈞劍在保護他，在他已經不需要任何保護的時候，萬鈞劍竟然保護了他。若是剛才，能這般護住她……

他被袁桀帶回了萬戮門，袁桀主張要將他推上鞭屍臺斬首，為門主報仇，然而從南月教歸來，斷了一條腿的司馬容卻護住了他。司馬容說，路招搖曾下過門主令，誰能殺了她，誰就能當門主。

司馬容力排眾議，將他推上了萬戮門主之位。

墨青其實並不想配合，他無意間聽過司馬容哄十七。

十七自打路招搖死後，哭得肝腸寸斷，他在背後，聽到了十七聲嘶力竭的質問司馬容：「他殺了門主，你為什麼還要護著他當門主，你也是叛徒，你也是對門主不忠！」

司馬容卻說：「招搖出事，我知道，他會比所有人都傷心，我知道他不是故意的，而現在，能接手萬戮門的人，除了拿了萬鈞劍的厲塵瀾，再無他人了。妳不要哭，我知道海外有不死草，妳去幫招搖尋一下，等妳將草摘回來……」

十七被騙了，而墨青也明白了司馬容執意立他為門主的原因。

多年師兄弟，司馬容看穿了他心底的隱祕，也知道他對路招搖的感情，所以，為了不辜負路招搖一手辛苦建立起來的萬戮門，司馬容將門主之位，給了他。

「招搖沒有完成的夢想，你接著替她完成吧。」

司馬容如此說，墨青握著萬鈞劍，再無法拒絕。

他這條命，是路招搖撿回來的，如果無法為路招搖而死，那就守護著她在這世上留下的東西，直到力竭為止。

拿回了萬鈞劍，魔王的封印破開，他尋回了自己該有的力量，渾身布滿了的黑紋也全部消失，他在鏡中看見了自己完好的臉，他不知道自己這模樣到底算好看還是不好看，可不管好不好看，路招搖也已經死了，長得好不好，已無所謂。

除路招搖，所有人的目光，對他而言都不重要。

他開始著手處理萬戮門的事，開始學會使萬鈞劍，適應自己的力量。

他放出話去，三月之內，必屠南月教。

三月之後，他獨身一身，闖入西南，血洗南月教，至此成為江湖之上，為他立威的一戰，世人表示他比路招搖更殘暴。

然而只有他知道，當手染鮮血，立於屍橫遍野的南月山巔時，心頭的空寂，更甚這荒涼的修羅場。

這人世，沒有路招搖，他與地上匍匐的屍，又有什麼區別。

適時夜月正涼，淒風似刀。

不管過了多久，回首一望，依舊是一片觸目驚心的傷。

墨青轉頭一望，司馬容的院子裡，路招搖與厲明書追得正歡，厲明歌已經琢磨著在修復小圓臉木頭人了。

眸光忍不住微微一柔，他不願意回想起過往，因為所有的過往，都比不上現今美好。

可也因為偶爾的回想，只用一點點，便能讓他更加珍惜現在的生活。

司馬容在樹下緩了好一會兒神，終究還是從墨青的話裡走了出來，他多問了兩句：「月珠還在嗎？」

「以前在，沒生過什麼變故，應當還在，只是她看不見罷了。」

司馬容聞言，垂頭似苦澀的微笑當中，卻不經意帶了三分甜意。

「月珠甚癡。」

正適時，風一起，拂了司馬容的髮。

墨青望著遠處的路招搖，輕聲道：「她在和你說話呢。」

司馬容點頭，「我聽到了。」他垂頭看著自己的手指，眸光微微有幾分輕顫，「她和我說，她很開心呢。」

知道那人的魂魄所在，就會開始猜測身邊沒一陣風的意義，以前墨青如此，現在司馬容也如此。不算哀傷，倒是……一種別樣的慰藉。

只要知道她在，荒漠一樣的生活，霎時就變得稍微有趣了。

「喂，厲塵瀾！」路招搖終於在那方逮住了到處亂竄的厲明書，「你兒子太調皮了，我是管不了了，給你扔了啊？」

厲塵瀾聞言一笑，「扔了吧，日後我們再生一個便是。」

真慶幸，時至今日，他和她，還可以有日後。

離開塵稷山，開始遊歷四方後，路招搖與墨青常年隱居世外，鮮少理會江湖事，很多消息也傳不到他們耳裡，除非有了聞名天下的大事，比如說……

「北齊那個皇太子啊，了不得，出生的時候天降祥瑞，但聞天上百鳥來朝，整個京城的牲畜盡數朝皇太子宮殿跪拜鳴叫，國師說是生了個仙人。」

聲音自旁邊傳來，並未干擾正在吃飯的路招搖一家人。

聽說這家酒樓全魚宴遠近聞名，尤其是那烤魚，烤得魚皮通體金黃酥脆，而裡面的魚肉依舊鮮嫩多汁，香料盡數融入魚肉裡，鮮香逼人。

路招搖與厲明書正歡快地吃著全魚宴，他們本來只是在城外路過，可聽城外人說了這裡的全魚宴，母子倆饞得不行，墨青便改道入城。

他坐在一旁幫路招搖理魚刺，手中一雙尖頭細筷挑刺嫻熟迅速，一條巴掌大的烤魚在他盤子裡沒一會兒便被全部剃了骨刺，遞到了路招搖面前。

「小心燙。」他輕聲叮囑。

路招搖開心接過，旁邊的厲明書見狀喊道：「爹，我也要。」

墨青夾了條魚，繼續挑刺，順便淡漠地說了句：「自己挑。」

厲明書：「……」

一旁的厲明歌見狀，將自己碗裡挑好刺的魚給了弟弟，而她耳朵則聽著旁邊桌幾人的談話。

「這都十來年前的消息了，你怎麼還在講？」

「嘿，這不是最近出事了嗎！那個皇太子啊，今年十二，按照他們北齊的規矩，歲數滿一輪，是要舉辦大典的，那老皇帝高興啊，請了好多仙門道長，前面七七四十九人開道，後面九九八十一人護駕，三十六人抬的大轎抬著皇太子，然後你們猜怎麼著？」

「被暗殺了？」

「比被暗殺還不如呢！被活生生的搶走了！聽說是萬戮門那以前的東山主幹的，哎喲，現場那殺得叫一片血海……」

厲明歌聽到此處，轉頭回來，「娘。」她喚了一聲，「十七阿姨又闖禍了。」

路招搖「啊」了一聲。

「她搶了人家皇太子。」厲明歌看了旁邊那桌一眼道，「人家傾舉國之力，要懸賞拿她呢。」

路招搖眨了一下眼，琢磨了一番，轉頭問墨青：「這是十七這些年搶的第三個？」

墨青不動聲色地挑著刺，「第四個。」

路招搖隨即繼續埋頭吃魚，邊吃邊點頭，「希望她這次搶對人了。」

厲明書嘟囔著問：「十七阿姨要搶誰？」

十七要搶誰，路招搖心裡其實再清楚不過。

十多年前，她與墨青離開塵稷山，開始遊歷天下，走到哪兒住到哪兒，那時十七不肯離開路招搖，便與他們一起待在一起。

打從琴千弦飛升後的那天起，十七便說要修仙。

她也確實努力地修了，但她體質如此，鎖不住天地靈氣，辛辛苦苦修了好幾年，始終不見成效，可這丫頭做事一根筋到底，雖然修得沒什麼效果，卻從沒說過要放棄，努力得讓路招搖看著都心疼。

後來厲明歌出生了，這孩子天賦過人，生而便力量強大，十七躲在門後面看墨青逗厲明歌，但見明歌手裡隨手一指，就能聚集法力與墨青相抗，雖則這力量比起墨青來說微不足道，對十七來說卻遠遠超越了她苦修幾年的成果。

那是路招搖第一次看見十七垂頭喪氣，源於她對她這無法修仙的體質而產生的惆悵。

「門主。」她還是用老稱呼喚招搖，「我這輩子是不是永遠都沒辦法像琴千弦那樣修成仙啊？」

哪止她沒辦法，世上這麼多修仙人，多少天資聰穎的人修了那麼多年，盼了那麼長時間，也都沒像琴千弦得以飛升。這不止需要時間，努力，天分，更需要機遇。

招搖只得告訴她：「飛升有什麼好？妳跟著我，帶妳走遍大千世界，吃香喝辣，看遍天下美男，有時候悄悄摸摸，調戲兩把……」

「路招搖。」適時屋裡傳來了墨青的聲音。

路招搖回頭望了一眼墨青微妙的眼神，嘆了口氣，「妳看現在家裡管得嚴，哪能出去玩，我去餵孩子了。」

她拍了拍十七的肩，十七沉默不言。

可是等到第二天，十七便興沖沖地來告訴路招搖：「門主，琴千弦給我託夢了！他說他要投胎來人間歷劫了，我得去找他！」

咦？才飛升沒多久就來人間歷劫，還給十七託夢？路招搖心頭有點困惑，難不成這琴千弦在天上沒事就瞅著十七在幹嘛？所以一看見她昨天失落了迷茫了，晚上就給她託夢安她的心？

還是說，這純粹只是十七的夢？

看著十七那麼高興的臉，路招搖就只能說：「哦，那去找吧！」給她點盼頭，她能活得比世上任何人都快樂。

十七的心思本來就那麼簡單，有一個目標，她能一直努力到底。

於是她十多年來一直在江湖上尋覓，路招搖聽過她抓人，不過前幾次也都抓錯了，這次這個皇太子……希望她能抓對。

入夜，路招搖一家人在城裡尋了個客棧住下。

待厲明歌與厲明書睡著後，招搖興起，拉了墨青飛去天上看月亮，閒聊閒談到了十七，說著說著，路招搖歪了心思，轉頭看墨青：「當年我還魂上了芷嫣的身，和芷嫣一起聯合起來騙你，你到底是什麼時候發現我是我、芷嫣是芷嫣的？」

墨青似是想起了什麼有趣事，眉眼一柔，暗含淺笑，垂頭看懷裡的路招搖，

「妳不知道？」

「我有猜過。」

「哦，那妳猜測的是什麼時候？」

「那次不是芷嫣救了地牢裡的柳滄嶺，然後袁桀那老頭要殺柳滄嶺嗎，我就用芷嫣的身體和袁桀交了手，我覺得你是在那個時候認出我的。」

墨青道：「妳既已猜出，又何必問我。」

原來還真是在那時候！路招搖得意地勾唇一笑，「雖然我聰明，可我得確認一下啊。我猜啊，打從我第一次上芷嫣的身，你就開始猜測了，只是也不過一直沒確認罷了。」

墨青無聲輕笑，對，她說得都對。

在路招搖第一次上琴芷嫣身的時候，那個雨夜裡，他就忍不住陷入猜測中了。

她用琴芷嫣的身體攻擊了他，然而對那時的墨青來說，芷嫣的力量實在太過渺小了，就算裡面住的是路招搖，也不能縮短兩人之間的差距。於是路招搖很快就察覺出了這一點，她也很聰明，立即選擇了討饒。

她說：「少俠在上，小女子甘拜下風。」

這模樣與許久之前，在墨青還是個孩子的時候，路招搖帶著他逃亡仙門追殺之際，她教過他：「遇見欺負你的人，你就打，打不過就跑，跑不掉你就服軟求饒，知道嗎？」

他那時不知道怎麼服軟求饒，路招搖便學給他看，「大俠在上，在下甘拜下風。」路招搖的模樣逗笑了他。

這些過往，或許路招搖都已經記不得了，他卻記得。

於是在那一瞬間，在素未謀面的芷嫣身上，墨青恍然記起了那遙遠的回憶裡的故人，她望他的眼神，使小聰明的模樣，與記憶裡的人那般相似。

在這禁地之中，墨青不由自主地生出了一個想法，是不是路招搖，借著這人的身體還魂來找他了？

他留下了芷嫣，將她安排到了戲月峰，他以千里眼的法術日日觀察於芷嫣。可奇怪的是，打從那晚之後，墨青便再也沒在芷嫣身上看見路招搖的影子。那晚的似曾相識好像只是他思念過度的錯覺。

故人並未如他想像地那樣歸來。

多看了幾日，待見得戲月峰上的魔修開始欺負芷嫣的時候，墨青便覺得無趣，不再探看了。這般仙門弟子，用不了多久，便會自己離開塵稷山的。

他沒想到，芷嫣竟然有再闖禁地的膽量。禁地裡是他給招搖立的墳，雖然墳裡只埋了一個窺心鏡，可這也是他和路招搖唯一有牽連的東西了，他不許有任何人來破壞。

當時，他是想殺了芷嫣的。莫名的，他卻又在她的眼裡看見了與路招搖的一分神似。

她開始解釋，說是路招搖逼迫她來此禁地，她知道這裡是路招搖的衣冠塚。分明……連門派中都未曾有幾人知道。

她說路招搖入了她的夢，墨青其實是有點嫉妒的，為什麼跑去入什麼仙門弟子的夢？為什麼從來不肯在他的夢境中出現？

她還說路招搖要回來找他報仇。

「那怎麼還不來呢……」

他盼了那麼久，每日每夜，不肯停歇地期盼著。

回來吧，回來找他，哪怕是找他報仇，哪怕是要殺了他，路招搖想對他做任何事都是可以的，只要讓他與她一起走。

黃泉忘川，又有何懼。

他最怕的，不過是數清了夢裡花落，卻也未等到夢裡觀花人。

再次將芷嫣安置到了戲月峰，卻與之前不同了，她竟然……在給路招搖燒紙錢？墨青瞬行前去，只見芷嫣畏畏縮縮地跪在那香燭前，順眉低目，與昨晚的模樣大不相同。

墨青有些疑慮，卻暫時按下不表。

他站在旁邊，倚著樹木，靜靜的看芷嫣給路招搖燒紙錢，紙錢燒出的飛灰被熱浪帶上天空，彷彿能飄到雲層之上。

墨青那時並不知道芷嫣與路招搖之間的關係，可既然她敢說路招搖入她的夢，她也會給路招搖燒紙錢，那至少說明，她們之間有著外人所不知道的聯繫吧。只要知道這點，對墨青來說就夠了。

他只需要一點，一點點現世與路招搖的聯繫，對他來說，就足夠安慰。

接下來的日子裡，墨青發現了越來越多的芷嫣這身體裡的不同尋常，他隱約察覺了出來，在晚上與白天，這個身體當中或許……住的不只一人。

這個發現令他忍不住地開始猜想，那些猜想令他幾乎發狂，他開始不由自主地靠近夜晚的那個「琴芷嫣」，在她身上尋找著似曾相識。

他許她去藏書閣找書，不止如此，他第二天還自己去了藏書閣，當他去時，聽見「琴芷嫣」看著書本呢喃「借屍還魂」四個字時，他內心的漣漪開始聚集成了波浪。

他套她的話，威逼利誘，然後見得她來勾引他了。

她借著拿書，觸碰他的耳廓，充滿挑逗的眼神，她與他說：「師父，你的眼睛漂亮得和裝了夜空的星星一樣。」

然後，心口便被劇烈地一震。

其實自從當上萬戮門主後，臉上的青痕消失，與其他魔道門派打交道的時候，也聽過許多奉承的話，不是沒人說過他黑眸彷彿星海。

這卻是唯一一次，有路招搖以外的人，令他心口顫動。

「師父，我覺得我好似被你的眼睛，迷住了。」她說。

她步步緊逼，像是要突破他內心的防線。墨青陡然驚醒，她在勾引她。

於是一道護身屏障在面前展開，擋住了「琴芷嫣」的攻勢。

「一邊去。」他冷聲斥她。

也只有這樣的冷淡，能掩蓋住他內心的躁動與那荒誕的……情愫。

他懷疑琴芷嫣的朝夕有別，但同時也在抗拒。

萬一，晚上的琴芷嫣，並不是路招搖呢？萬一此人，與路招搖沒有半點關係呢？

那他，不是背叛她了嗎？

幸好，這樣的自我懷疑並沒有持續多久。

很快，琴芷嫣帶柳滄嶺從地牢中逃出，被袁桀攔住。適時傍晚，他正巧以千里眼探看琴芷嫣的行蹤，不料看到了這一幕。

袁桀的青鋼杖迎頭打下，琴芷嫣有多少能耐墨青很清楚，正打算瞬行去救人之際，袁桀的青鋼杖被攔下了。

那一瞬間的氣息湧動，聚全身之力於頭頂，擋住袁桀的招式，以氣勁相抵，推開了北山主的青鋼杖。

這身法招式，那眼神語氣，無不與記憶中的人重合。

「叫你別打了，聽不見嗎？」

多麼令人熟悉的語調語氣，熟悉得讓袁桀都愣住了神。

他又豈會認不出。

他瞬行而去，止住了這一場風波，扶住力竭的「琴芷嫣」。可一旦想到這身體裡現在住的是誰，他便忍不住有些顫抖。

是路招搖啊，他以為再也不會回來的，永遠失去了的路招搖。

袁桀說：「門主，屬下正在懲處逃逸的修仙者，您這徒弟，不惜以身犯險，想要救他，此舉……」

「那又如何？」

路招搖想救誰，想做什麼事，自然都可以。

墨青有自己的規矩，治理萬戮門更是門規森嚴，但路招搖除外，她不在，他便是鐵面無私。她若在，便是他的最高準則。

從前到現在，一直未變過。

只要路招搖在他身邊，只要她肯回來，她想要什麼，他都無條件滿足。

六合天一劍，她想要，他就幫她取，劍鞘更不是問題。想回萬戮門找他報仇？

那就來吧，這門主之位，拱手相讓也無妨。

他唯一要的，只有她。

只要確定是她。

望著天邊月色，墨青攬住路招搖肩上的手微微收緊。

在他還沒遇見路招搖時，他的生活已經充滿的追殺與埋伏，每天都活得那麼提心吊膽。他不止一次想過，既然這麼辛苦，為什麼要活著。

當他的「娘」在他懷裡，為了保護他而死掉時，他也想過，就這樣死了便算了吧。

可生活的迷人，就在於永遠不知道下一秒會發生什麼。

就像那時的他，從未想過，生命裡竟然會遇見一種新的美好，名為路招搖。

多感謝從那時一直活到了現在的自己，多感謝經歷過那麼多艱難險惡，卻也一直堅強活到現在的路招搖……

「墨青啊，我突然想問你，如果當初，我沒有上芷嫣的身，直到魂魄消散，也沒能再出現在你面前，你會怎麼樣？」

雖然只是假設，這個問題卻讓墨青沉默了許久。

直到他沉思的時間長久得讓路招搖都有點心疼了，才聽到他輕聲道：「妳若不在，這腳下萬里山河，千般美景不過也都是對我餘生的懲罰。」

路招搖微微一默，隨即牽住了他的手，「不過我現在在，那這萬里山河，千般美景，是不是就是你的獎勵了？」

墨青垂頭，輕輕含住了她的唇瓣，細聲呢喃：「妳就是上天賜予我最好的獎勵。」

適時漫天星空正燦爛，路招搖翹起的嘴角比月牙更彎。

——番外一〈墨青〉完

番外二　路十七

琴千弦飛升後，十七悶悶不樂了許久，芷嫣說十七大概是喜歡上她大伯父了。

「是啊。」十七承認，「我喜歡他的，他以前救過我，後來又救過我主子，幫了我好大的忙，我當然喜歡他。」

芷嫣聞言，默了許久，最後一聲嘆息，拍了拍十七的肩膀，沒再說別的，繼續去忙自己的事兒了。

芷嫣心想，其實不用和十七說太明白，反正大伯父已經飛升了，十七就算弄明白了她對大伯父的感情，也沒什麼用了。

不如就讓她簡單又迷糊地過著生活，可能過不了多久，她就能忘了琴千弦。

當時芷嫣是這樣以為的，可她算錯了，十七不僅簡單迷糊，她性格裡最大的特點還是堅持。

於是在琴千弦走了之後，她堅持沉鬱的心情，一直沒有緩解。

最後還是沉浸在幸福當中的路招搖回山看見了，隨口點了一句：「妳這麼想再見他的話，就努力修仙吧。爭取飛升，到天上去找他玩。」

十七當真了。

從此跟著路招搖一同遊歷天下，十七確實簡單執著，從開始說要努力修仙的那天起，拋卻了沉鬱的心情，起早貪黑地修仙。

但奈何她體質如此，無論如何努力，所得修為甚至比不上低級魔修的成果。她也沒覺得有什麼不好，她心懷希望，雖然她修的修為少，可是她命長啊！一天天地修，一天天地練，就算一天只有一星半點地積累，也是一份希望呀！

懷揣著飛升的期待，心思簡單的十七每天都覺得過得相當充實且滿足。晚上睡覺之前，也會抿著唇笑，今天又過了，又有一點進步了，離天上那遙不可及的琴千弦好像又進一步了。

每當此時，在即將沉入睡夢之際，她好像也能聽見那浩瀚虛空之中，似有人在她耳邊輕笑。

當她在努力修行時，路招搖與墨青兩人的感情生活也更近一步了——路招搖懷上寶寶了。一直到懷胎十月，墨青算著孩子出生或許就是這幾日了，便託十七去就近鎮上找個接生的人來。

十七去了，剛好遇上兩個低級魔修在為難穩婆一家，她上前就要揍人，可轉念一想，她在小院裡練了這麼修了這麼久的仙，平時路招搖和墨青都是不和她動手的，十七心裡也知道，論修為，她這幾年的功法要追上他們兩人也是十分的困難，於是便沒動過切磋的心思。

現在看見兩個低級的魔修，正好試試手。她打算用法力與這兩人鬥一鬥，但十七怎麼都沒想到，當她純用法力與兩人爭鬥時，在路招搖這麼多年的悉心教導之下，她居然還打不過這兩個低級魔修的聯手圍攻！

她凝聚出來的法力屏障被輕易擊碎，對方魔修的法力打入她體內，當然，對方的微末法力根本無法對她造成傷害。

可這足夠傷害她的自尊心了。

拚命練了這麼多年，卻是……依舊沒什麼成效嗎？連兩個低級魔修都打不過，要談飛升，談何容易……

就算她活再久，恐怕也不行吧。

十七覺得無比失落，兩個低級魔修不懂她的失落，對她肆意嘲笑，極盡諷刺，甚至要上來對她動手動腳。

十七一抬眸，黑眸殺氣一閃而過，她沒再用法力，直接照著以前的方法，抬手就將兩人撕了，鮮血灑了她一身。

兩個囂張的魔修變成了地上的肉塊，她踢開地上的屍體，走到已經嚇傻了的穩婆一家人面前，「我家主子要生孩子了，妳去幫忙接生一下。」

穩婆忙不迭地應了，一路哆哆嗦嗦地跟著十七回了院子。

到了院裡，墨青看見一身是血的十七，什麼也沒說，只讓她去後院將自己洗乾淨，然後帶著穩婆進去看路招搖了。

一盆冷水潑下頭，適時正是寒冬裡，她仰頭一嘆，一身熱氣像是她身體的精魂飛了出來，飄飄繞繞，飛上了天。

她大概這輩子都見不到琴千弦了吧。

十七是這樣想的。等到厲明歌出生了，好幾次，十七躲在門後看墨青逗弄厲明歌，父女倆無意間散發的氣息，恐怕十七再修幾十年都修不來。

她終於不得不承認，她大概是沒有修仙天賦的。

世人修仙何其多，然則真正飛升的又有幾人。

這是十七第一次為自己的體質感到失落。或許這個世界就是這樣吧，總有一些是她註定無法做到的事。

這段時間她睡著的時候，嘴角再沒了微笑，而那飄渺虛空中的笑聲，好似也變成了淺淺的嘆息。

十七覺得自己要放棄修仙了，她不再打坐，也不再去看修仙的書籍，卻在這時，她做了一個夢，夢中場景真實得讓她不敢相信。

她好似走進了一片白霧迷濛的竹林裡，林中有人著月白衣裳靜坐其中，自己與自己對弈。

那人，正是她心心念念的琴千弦。

她笑了開來，「活菩薩。」她如此喚他，可喚了一聲之後，隨即又沉默了下來，「我又沒能修仙，這一定是在做夢了吧。唉，也只能在夢裡看看你了。」

她在另一端蒲團之上盤腿坐下，靜靜看著對面垂眸思棋局的琴千弦，琴千弦便也任由她看了片刻，開口道：「近來，我或許要下界曆一劫。」語調熟稔，就像昨天他們還在一起聊天似的。

十七問：「咦，你這才飛升幾年，就要下界歷劫了？話本子裡不是說仙人歷劫都是百年千年一次嗎？你長得漂亮，歷劫也比別人多次嗎？」

執子的手微微一頓，琴千弦終於抬頭來望著十七，他的眉眼是天生的淡漠，眼角卻微微夾著三分笑意，黑眸裡盡是十七的身影。

「我尚有餘念未了。」

「哦。」十七點頭應了，她不太懂琴千弦有什麼餘念，「你不要怕，在天上我幫不到你，等你下了凡，我就去找你，一定護著你，絕不讓別人欺負你。」

琴千弦落下一子，帶著淺淺笑意，「有勞十七了。」

「沒事，我喜歡你嘛，一定幫你！」

琴千弦終是失笑出聲：「還是那麼直率。」

十七卻已經換了心思，她望著琴千弦的棋盤，「你自己與自己下棋嗎？」

「嗯。」他收斂了笑，又以黑子落下一子。

十七看了一會兒，「黑子要贏了。」

「對。」琴千弦點頭，似有幾分嘆息，「本欲讓白子贏的。」

十七不解地問：「你自己和自己下棋，想讓白子贏，怎麼還會輸呢？」

琴千弦默了一瞬，「敵不過天意罷了。」

隨著他的話語，十七慢慢轉醒過來。這一醒，已經快到下午了，她興沖沖地跑去找路招搖，說自己夢見了琴千弦，他要下界了，她要去找他。

路招搖並未攔她，十七便又懷著希望上了路。可茫茫世間，要找人並不容易，到底誰是琴千弦呢，他會出生在什麼地方呢，會長什麼樣子呢？甚至連他是男是女都不知道。

十七只知道，琴千弦曾是飛升過的人，那麼就算他是下界歷劫，出生時必定也是非同尋常。她獨自在世間尋了一些時日，後來覺得自己一個人找實在不是辦法，於是她回了塵稷山，託芷嫣幫她查人。

在渺渺世間，尋找著天生非同尋常的小孩。

十年間，聽了無數傳說，找了無數孩子，或真或假，其中有三次都還是十七親自去搶的人，可搶回來一看，直覺便告訴十七，他們和琴千弦一點都不像，於是她又將人放了。

後來聽到北齊皇太子的傳說，十七一開始是不信的，聽過了那麼多以訛傳訛的假話傳說，她其實已經有些懷疑自己的夢了。

但即便懷疑，她還是要去。有什麼辦法呢，她沒法修仙，不能飛升，如果連琴千弦下界都找不到他，那這輩子真的就沒有再見的機會了吧。

無論如何，她得去試試。

北齊皇太子十二歲生辰那一天，北齊皇帝大宴天下，白日令皇太子前去素天塔祭拜天地先祖。素天塔前，是北齊這個王國最寬敞筆直的一條大道，直連皇宮，是皇家祭祀之地。

在素天塔上，豎著似可通天的塔尖，十七便立在這塔尖之上，靜靜地看著那被一眾仙人擁護的皇太子，坐在威武莊嚴的大轎裡，緩緩而來。

轎中人的面目被遮掩，十七看不見他，但即將行至素天塔前的護駕仙人們，卻發現了她。

有人尚且識得她：「是東山主！萬戮門的東山主！」

「路十七，是路十七！」

所有人都慌了。

他們不知道她來此時為了做什麼，團團圍著那轎子站著。

轎中之人聽見騷動，卻撥開了簾子，微微探出頭來，往上望去，遙遙一眼，便足以讓十七確認，沒錯，是琴千弦。

模樣不同，眉間多了一顆朱砂痣，五官也尚未完全長開，可十七知道，這種天生眉眼帶淡漠的人，她只認識那一個。

素天塔上正是烈日凌空，十七將皇太子看得清楚，可下面的皇太子卻看不見她，只見黑影立在刺目的光華之中，輪廓是女子，那一身氣勢卻遠勝過他從小認識的所有女子。

「皇太子小心！」身邊的侍從正在提醒，忽然間，黑影便如一隻獵鷹從天而降，撲飛而來，徑直撞破那些修仙者們列陣擺出的陣法，徑直闖進他的轎中，立在他身前。

轎中空間狹小，且有裝飾阻擋，外面的人害怕十七挾持了皇太子，不敢貿然動手，而且……

就算他們貿然動手，對十七來說，一點都不夠看。

她站在他面前，一抬手，半點沒客氣，直接用手指戳了戳他眉心的朱砂痣，「琴千弦，你這胎投得真讓我好找。」

皇太子被戳得有幾分愣神地看著面前這人。

她的語氣很是令人熟悉，甚至……令他有幾分懷念。

為何有這般熟悉懷念的感覺，他也說不上來。

萬戮門他聽過，江湖上的魔教，可近年來也變得與修仙門派無異，不過就是行事稍微極端詭異了些。東山主，他也知道，以前萬戮門門主路招搖手下的那四個山主，名氣大過任何一個國家裡面的宰相將軍。

江湖事江湖了，與凡塵俗世並無關係，她為何要找他，又為何喚他……琴千弦？

「妳找錯人了，我乃北齊太子，徐昭。」徐昭依舊坐在位子上，心中的困惑不露分毫。

他年紀雖小，這在絕對壓制的情況下依舊處變不驚的風骨與琴千弦有幾分相似。

十七看了他一會兒，「是你沒錯。」言罷，外面有修仙者吟誦起了咒術，他們欲打算將十七囚困在此，更有侍衛圍在旁邊個個尖矛都直指她。

十七掃了一眼，「這裡不好說話，我帶你走。」

「等……」

十七辦事是個急脾氣，話一落，攔腰就將徐昭一抱，扛上肩頭，徐昭登時在她肩頭上沒了動靜。

外面的禁衛軍與仙門人見狀，均是要齊齊來攔。

十七徑直將那轎子的側門一踢，如同匪賊一樣，扛了徐昭縱身一躍，一蹦十丈高，北齊百姓見狀均是大聲驚呼，宮中皇帝皇后也被驚動，在遙遠的宮廷大殿之中跑出來望天大呼。

仙人們祭出各種法器試圖阻攔十七，十七隨手扯了一個飛過來的劍，往後面一甩，只見那劍化作迴旋鏢，在空中嘩嘩一轉，所有仙門法器盡數被擊落在地。

長劍飛回，十七空中借力將劍墊在腳下，調動身體裡為數不多的法力，御劍而行，急速拋去了身後的雞飛狗跳。

沒過幾天，萬戮門東山主路十七挾持北國皇太子的消息傳遍了天下。

在北齊國土上，剛入過鎮的山野樵夫也在談論這件驚天大事，十七在山間接泉水的時候，陡然聽見她被北齊國君通緝之事，只得摸了摸鼻子。

她其實……真的只是想和琴千弦的轉世換個地方說話而已……

當時打鬥，她就沒注意，這個徐昭身體竟那般的弱，被她扛上肩頭的一瞬間就暈了過去。她打得正高興，沒有注意到徐昭暈了，旁邊的人可是眼睜睜地看見了他們皇太子被她弄暈了，難怪死命地要攻擊她。

現在事情傳到這些樵夫嘴裡，已經變成路十七在皇太子生辰祭祀會上，殺了滿京城的修仙者，一步屠一人，血流遍野，橫屍無數。樵夫說得言之鑿鑿，弄得十七都以為自己是不是當時真瘋了幹下了那種禍事。

她接好了水，回了小樹林裡。

徐昭臉色蒼白地倚著樹幹坐著，見十七遞了水來，他也沒有拒絕，接過飲了一口，復而問她：「妳擄走我，是為何事？」

「我想和你聊聊。」

「聊什麼？」

聊什麼，十七也不知道，看著面前這個人熟悉又陌生的神色，她並不知道應該怎麼開口。聊聊過去，他根本不知道琴千弦的過去，聊聊未來……這有什麼好聊的？

「聊聊你吧。」十七最後決定道，「你喜歡我嗎？」

「……」

這問題來得太突然，徐昭還是少年，饒是再淡定，也是愣了一下。

「這……從何談起……」要他對一個初次見面就擄走他，害他病發的人說喜歡？

「我挺喜歡你的。」十七在他面前盤腿坐下，「一見你面就喜歡。你放心，我不害你，你要是想回北齊，我就送你回去，你要是不想當皇太子，我就帶你離開，你想做什麼，我就幫你做。」

這話……來得比剛才那句還突然。

徐昭雖然還小，可自幼的教育與環境讓他過於早熟，然而看著面前這人，他還是覺得……自己跟不上她的想法……

「為何？」徐昭問她，「為何是我？」

為何是他？

「因為你是琴千弦啊。」

這個名字又出現了。

他這幾天病發，過得迷迷糊糊的，事情太混亂，以至於徐昭都還沒來得及思索和這名字對得上號的人。

現在一想，便記了起來，琴千弦，十數年前飛升了的仙人……

那飛升的仙人與東山主之間，有什麼過往嗎？

他望著十七：「妳把我當成他了嗎？」

「你就是他。」

面對這麼執著的人，徐昭只得垂頭一笑，也不再辯解了，只道：「送我回宮吧。」

「好啊。」十七也沒廢話地應了，隨即又接了一句，「不過我也很好奇，你真的是個很受寵的皇太子嗎？為什麼你們北齊的人都跟過來了，還一直不動手救你呢？」

十七說著，往遠方一望隔著數十丈遠的地方，倏爾有一隻鷺鳥飛起，不注意，並不會察覺異常。

徐昭抬頭望了一眼，垂了眼眸，心裡有數，「我父王累年病弱，三哥不甘居後，我這般說，妳該當明白。」

「明白，想趁著一池水被我攪亂，趁機奪權嘛。」十七單純，心眼直卻不傻，

「你放心，有我在，他們動不了你一根汗毛。」

被人這般直白地守護，對徐昭來說也是第一次。他笑了笑，撐著樹幹，想要站起來，十七則直接蹲到了他面前：「你想去哪兒，我背你。」

看著十七毫無保留的後背，徐昭愣了一瞬，仍是沒客氣地趴了上去，只是手穿過十七頸項間的時候，勾起了她的頭髮，但見她頸項後面有一道傷疤。

徐昭一默，他身邊有不少護衛，每一個都武功高強，而每個武功高強的人身上多多少少都會帶傷，但他從沒見過哪個女人身上有這樣的傷。

蜿蜿蜒蜒從衣襟之上一直蔓延到了背脊裡，受傷的時候，定是鮮血淋漓……很痛吧。

不過想來也是，萬戮門的東山主，身上怎麼會少了這些「戰功」。

「北齊皇宮。」徐昭道。

「好。」

十七準備動，便在這時，那方的人忽然出手了。

精鋼鎖鍊從四面八方射來，在離十七與徐昭三丈遠的地方凌空織出了一個鐵網，十七哦了一聲，「修仙者啊。這些人想困住咱們，不想讓你回宮。」

徐昭眸光微微一寒，隨即問十七：「妳能對付他們嗎？」

十七一笑，是屬於東山主應有的猖狂，「你抱緊我就是。」

徐昭緊緊抱住十七的脖子，但見她身形往前一衝，鐵網之上立即有一根鐵鍊向十七殺來，十七不躲不避，徑直向那精鋼鐵鍊衝去。

徐昭怔神，眼見那精鋼鐵鍊條上一條尖銳鋼刺迎面刺來，速度之快，讓他下意識地閉上了眼。

下一瞬間，只聽咔一聲，十七竟是空手握住了那鋼刺，不由分說，直接掰斷，鋼刺後面連著鐵鍊，接著一大片像囚籠一樣的鐵網。

十七抓來後面的鐵鍊狠狠一拉，整個鐵網便跟隨著她的動作一抖。

鐵網後的修仙者們皆是大驚，再欲催動鐵網，十七竟是一聲低喝，憑著一己蠻力，直接將那空中法力支撐的鐵網整個拖拽過來，一個旋身，拉著鐵網畫了一個弧線，摧毀了樹根大樹，連帶著打翻了不知道多少隱藏在樹林間的修仙者，將他們連人帶樹一網打盡，徑直扔上了天空中。

空中一片驚叫。

不止徐昭，還留在地上的修仙者也盡數愣了，躲過剛才那一網的修仙者紛紛從禿了的樹林裡起身，滿臉驚愕地看著十七。

早聞萬戮門東山主怪力驚人，卻未曾想過，她的怪力竟這般驚人……

不管法術，不論常理，直接憑蠻力取勝……

徐昭趴在十七背上，不敢置信地靜靜看著她。

十七卻只是「啪啪」兩聲，捏響了指骨，一言不發，徑直向剩下的修仙者那方走去。

其中靠得最近的一個老道見狀，心知不妙，連忙掐了個瞬行術，眨眼身形便消失了去，十七卻只目光一凝，腳步未動，徑直伸手憑空一抓，那老道立即在十七手中現行，驚詫瞪著眼，被十七狠狠捏住了脖子，正是鎖緊虎口之際，徐昭倏爾道：「好了。」

十七鬆開手，微微側了頭，隨即一撇嘴，「你果然和琴千弦一樣，總攔著我，說造殺孽不好。」她隨手丟開老道，拔了腰間的劍，御劍而起，卻正是這時，卻有一道光華倏爾從她後背刺來，而她背上正是徐昭。

她一轉身，以身做盾，擋下了那道光芒。

一開始她只以為是法術，卻沒想到法術當中竟還包裹著一個匕首，法術的光華融入她身體裡，並未造成傷害，那把匕首卻直直刺入了她的心房。

十七受了這一道，徐昭在她身後也莫名覺得心口一疼。

他沒受傷，但他……竟為十七感到疼痛。

十七並未覺得多痛，她仙術沒有修成，可這一身皮肉卻不是這種小仙耍個小把戲就能傷得了的。

她一抬腳，狠狠將面前的青年修仙者踢開，那人向後摔倒於地，依舊不甘，咬牙痛罵：「路十七！妳這魔女！妳殺了我父親！今日我殺不了妳，待得做鬼我必不放過妳！」

徐昭靜默。

十七也沒有言語，她這輩子殺的人太多，這青年是誰，他父親是誰，對她來說根本不重要。只是她微微轉頭看了眼旁邊的徐昭，隨即撓了撓頭。

她不嫌痛地將胸口的匕首拔出，扔在地上，鮮血暈染了她胸膛的衣裳，她也沒有在意。看了那青年一眼，不辯解，也沒動殺手，只是像剛才一樣，御劍離開了。

她將徐昭送入皇宮，卻發現北齊皇宮之上已經布滿了結界，她是可以闖進去沒錯，可徐昭進不去。

徐昭進不去，她去皇宮裡也沒什麼意義。

在結界之上糾結了一段時間，天色已暗了下來。

十七便先帶了徐昭去郊外湖邊打算將就一夜，順帶想想對策。

「你三哥好像要奪權了。」她點起篝火，對旁邊面色蒼白的徐昭道，「要我去殺了你三哥嗎？」

徐昭沒有接她的話，只是靜靜看著她胸膛上的血跡。

十七有些不自然地擋了擋，「唔，我先去湖裡洗漱一下。」她想，琴千弦那麼一個活菩薩轉世，一定見不得殺戮吧。

以前的琴千弦便也罷了，本就是這江湖上的人，再怎麼修菩薩道，為了守護自己想要守護的東西，手中始終染了鮮血，所以她的過往，琴千弦能理解。

可徐昭不一樣。

他還小呢，他心有仁慈，必定是見不得她那般殺人，也……理解不了過去她身上背負的那些血債。

十七走到湖邊，褪了衣裳，踏入湖水之中，清洗著自己的身體，一邊洗，一邊琢磨，好像有點被嫌棄了，該怎麼辦呢？要不去給他買個糖葫蘆，哄哄吧？

十七想這些事想得專注，卻沒料到在她身後，坐在篝火旁邊的徐昭微微側了頭去，只見月色之下，十七裸背立於湖中，即便白日見過她的怪力與手段，可此時見她婀娜身姿，與平常女子並無不同。

再是仔細一看，卻又發現，在她後背之上，果然遍布了不少的傷疤。刀劍的劃傷，火焰的燒傷，箭矢的傷，她像是嘗過了地獄中所有酷刑，才會有這麼斑駁的身體。

然而……

「呀。」十七一轉頭，微微擋住胸，「你在看我洗澡啊。」一句話，徑直將徐昭心頭方才的那些憐惜、心疼和感慨，盡數化為了害羞與窘迫，他連忙轉頭，到底是年紀小，臉頰霎時紅了起來。

「不……我……我……」

嘩啦啦的水聲響起，是十七上了岸，她光溜溜地站在徐昭旁邊，徐昭側眸看了一眼，登時臉如火燒，立即將頭埋在了膝蓋裡面，久久沒有抬起。

「東……東山主……妳先穿上衣服……」

「叫我十七就好了。」十七在徐昭旁邊蹲了下來，「看我洗澡你會開心嗎？」

「……」

「如果會開心的話，咱們一起洗啊，這樣我就不用再想別的辦法哄你了。」

「……」徐昭的臉紅到了脖子根，隔了好半天，才極小聲的如同蚊子叫一樣呢喃出了一句，「為什麼要……哄我？」

十七眨了眨眼看他，「你不是嫌棄我了嗎？」

徐昭心頭聰慧，知道十七是怕他指責她那些過去的血債，他想解釋，可剛要抬頭，又想到十七沒穿衣服的樣子，連忙將頭埋住，又隔了許久，平復了些許燥熱的心情，細聲道：「我沒有……嫌棄妳。」

她的手或許真的染滿血腥，可是她的心靈其實……比誰都乾淨。至少比後宮裡的那些女子，乾淨太多。

看徐昭這樣，十七便乖乖地將衣服穿好了。

「你不嫌棄我就好，我可是要保護你一輩子的，這輩子都要和你在一起，你要覺得我做的事有哪裡看不慣，你就直接說，我不想和你有矛盾。」她繫好了腰帶，走到徐昭旁邊，拍拍他的肩，「我衣服穿好啦，你要不喜歡看我光著身子，我以後也就不在你面前光著身子了。」

「我也不是不喜……」

算了，還是別說了，省得她又把衣服脫了……

看著十七在篝火旁邊一倒，仰頭就睡的模樣，徐昭心裡滿是無奈，無奈之後又只有搖搖頭，笑了出來。

這就是萬戮門的東山主啊，比他見過的任何人都要有趣得多。

翌日清晨，十七睡醒，養足了精神，活動了一下身體，徑直對徐昭伸出了手。

「走吧。」

「去哪裡？」

「送你回皇宮啊。」

徐昭皺了眉頭，「皇宮上面的結界，我無法……」

「我昨天睡覺的時候想了，你沒辦法從結界上進去，可那結界總是有個出入口的，咱們就從入口進去，誰攔我揍誰。」

徐昭琢磨了一下，他總是要回宮的，三哥心思狠辣，保不定會對父王母后做出什麼大逆不道的事來。他是必須要回宮的，雖則從正面去，是極為危險……

很快，徐昭就發現他想太多了。

十七帶著他入皇宮，情形的確相當危險，可危險的不是他和十七，而是來阻擋的人……

東山主動手，從來不講道理，一路遇神殺神，遇佛殺佛，真如她所說，誰攔就揍誰。

一路大搖大擺地從宮門入了朝天殿，徐昭跟在十七身後，看著面前這條道上倒下的人，感到有些哭笑不得。自古以來，反叛有被鎮壓的，有被智取的，可大概從來沒有像這樣……被一個人搞定的吧。

最後走到朝天殿前，三皇子瘋了一樣抓著徐昭的母后，站到殿前，拿劍比劃著皇后的頸項，為了保命，他只能出此下策。

「徐昭，你再讓這魔女前進一步，我就……」

話音未落，刀劍落地，三皇子被人揍得飛了出去。

皇后緊緊咬著牙關，鎮定住了神態，十七在旁邊扶了她一把：「沒事，妳別怕。妳是徐昭的娘親，我也保護妳。」

皇后轉頭看了眼滿十七，一時竟不知該說什麼好。

這場宮變，就這樣被十七一人強行鎮壓了下來。

皇帝尚且還留了一口氣，十七劫走了皇太子，可後來又將皇太子安然無事的還了回來，順帶救了皇后平息叛亂，算是功過相抵。

皇帝姑且這樣說，可皇后身為被救的人，則更感激十七，只問十七道：「妳想要什麼？」

十七想也沒想就說：「我要和徐昭一直在一起就可以了。」

此言一出，皇帝皇后面面相覷，徐昭在十七身後又忍不住紅了臉，卻也沒說出反對的話。

能與萬戮門這般強大的門派靠上關係，皇家高興都來不及了。誰不知道，靠上這麼一個媳婦，從此放眼天下大國，誰還敢輕易來犯？

弄到最後，最懵的還是十七，待得徐昭年滿十六，北齊大辦皇太子婚宴。洞房當天，十七一身喜慶紅袍，望著挑了她頭上紅蓋頭的徐昭，「我為什麼要和你成親啊？」

十七跟在他身邊也有四年了，他對什麼事情都運籌帷幄，唯獨面對她，是每次都哭笑不得的無奈。

「妳不是要和我一直在一起嗎？」

「可我門主說成親只能和自己最喜歡的人成親，我雖然喜歡你，可我最喜歡的人還是我門主。」

好嘛，原來不止是琴千弦，還有她家門主也是他的敵人啊。

徐昭哄著道：「但我最喜歡的人，是妳啊。」

十七想了想，覺得好像……也有點道理。

「既然這樣，就成吧。」

徐昭與她飲了交杯酒，一杯酒下肚，他看著十七映著燭火紅撲撲的臉，心裡只覺得像被草葉掃過一般癢。

十七說他是琴千弦的轉世，要下來歷劫的，他不知道自己到底是不是如十七所說的那樣。

他只是覺得，如果真是如此，那琴千弦或許並不是下來歷劫，而是來了結一段未結的緣，只是想借這樣的身分，能對十七說「我最喜歡的人是妳」這樣的話而已。

因為，每當他對她表白心意，他的心裡，便控制不住地充滿了細碎又溫柔的感情。

喜歡她，喜歡這般率直可愛的她。所以想撫摸她，愛護她，憐惜她，讓她做他的妻。

守這一生一世的緣。

——番外二〈路十七〉完

——《招搖》全系列完

高寶書版集團
gobooks.com.tw

輕世代 FW294

招搖 卷四(完)

作　　者　九鷺非香
繪　　者　セカイメグル
編　　輯　林思妤
校　　對　任芸慧
書衣設計　林鈞儀
美術編輯　林鈞儀
排　　版　彭立瑋

發 行 人　朱凱蕾
出　　版　英屬維京群島商高寶國際有限公司臺灣分公司
　　　　　Global Group Holdings, Ltd.
地　　址　臺北市內湖區洲子街88號3樓
網　　址　www.gobooks.com.tw
電　　話　(02) 27992788
電　　郵　readers@gobooks.com.tw（讀者服務部）
　　　　　pr@gobooks.com.tw（公關諮詢部）
傳　　真　出版部 (02) 27990909 行銷部 (02) 27993088
郵政劃撥　50404557
戶　　名　三日月書版股份有限公司
發　　行　三日月書版股份有限公司/Printed in Taiwan
初版日期　2018年12月

國家圖書館出版品預行編目(CIP)資料

招搖 / 九鷺非香著.-- 初版. -- 臺北市：高寶國際, 2018.12-
冊； 公分. --

ISBN 978-986-361-611-5(第4冊：平裝)

857.7　　107004301

三日月書版

三日月書版

GOBOOKS & SITAK GROUP©

GOBOOKS
& SITAK
GROUP©